その者。のちに…

03

stoRy

Sonomono Nochini

前巻のあらすじ

旅を続ける最強の男・ワズと龍の子・メアル
危機に陥ったエルフの戦士サローナと妖艶な美女タタを助け、マーンボンド王国の内乱を平定して、王国の二人の王女、ナミニッサとナレリナを窮地から救い出す。

しかし闘いのあとでメアルが拉致された。そのあとを追って、ワズはオーセンの街へ。

そこで待っていたのは最強勇者・ハオスイ。

激闘の末、ハオスイを倒したワズは、彼女と熱い口づけを交わすのだったが……。

その者。のちに・・・

CHARaCTER

ワズ

物語の主人公。
山から下りたらどういうわけか
最強の男に。

メアル

龍王ラグニールの娘。
ワズが気に入って
一緒に旅に出る。

サローナ

エルフの美しき戦士。
エルフどうしの争いを
ワズに助けてもらう。

タタ

妖艶な美女。
貪欲な領主に連れ去られた
ところをワズに救われる。

ナミニッサ

マーンボンド王国の王女。
双子の妹。
結界魔法を操る。

ナレリナ

マーンボンド王国の王女。
双子の姉。
戦闘能力に優れる。

キャシー

マーンボンド王国の
女性騎士。

ハオスイ

オーセンの最強の勇者。
ワズに敗れ、
ワズを「旦那様」と呼ぶ。

フロイド

ナミニッサ専属の執事
だったがワズの傍に付く。
謎の男。

その者。のちに…

Sonomono Nochini

CONTeNTS

目次

プロローグ …… 011
第一章 獣人達の国へ …… 024
別　章 嫁達（ワズ知らない）と未来の嫁の出会い …… 034
第二章 何が彼を「憤怒《ふんぬ》」としたのか …… 048
第三章 ハーレム……ハーレム？……ハーレム！ …… 141
閑　章 キャシー …… 172
秘　章 神達の泥沼の戦い …… 176
第四章 いざ、南西の国へ …… 185
閑　章 カガネ …… 238
第五章 チート？　兄妹 …… 249
第六章 世界の王 …… 275
第七章 暗い穴の底に居たのは …… 291
別　章 その頃のハーレムメンバー …… 303
第八章 圧倒的強者 …… 314
エピローグ …… 326
書き下ろし「その宿屋の娘ちゃん。のちに…」 …… 334
あとがき …… 346

プロローグ

ハオスイに唇を奪われた。

いや、最初にしたのは俺の方だけどさ……。

けどアレは助けるためだったし……。

それにしても、ハオスイの唇は非常に柔らかかった。

なんて事を考えている内に、ハオスイの体から力が抜けて気を失ったので、倒れそうになったのを咄嗟《とっさ》に支える。

しかし、これからどうしようかと考えていると、グレイブさんの奥さんの一人であるセレナさんが、ハオスイが利用していた宿へと運んでくれた。

明日、様子ぐらいは見にいった方がいいかな？　その時にでもいくら助けるためとはいえ、無理矢理口移しした事を謝っておいた方がいいかなと思う。

そんな事を考えながらハオスイの姿を目で追っていると、舞台の周りに居た観客達から声が飛んでくる。

「ヒュ～ヒュ～！　やるな、色男！」「強いんだなぁ！　兄ちゃん！」「俺のハオスイちゃんと……

絶対殺す」「みせつけてんじゃねぇぞ！」「抱いてぇ～！」

であった。他にも色々言われたが、問題はそこじゃない。

問題なのは、二つ。

一つ目は、俺のハオスイちゃん発言をした人物。

お前のじゃないし、俺に殺気を向けるのはやめろ。

まぁ、もし襲いかかってくるようなら、きちんと返り討ちさせて頂きます。

二つ目は、抱いてと言った人物。

その言葉自体は非常に嬉しく思うし、胸も躍《おど》る。……異性からだったら。

俺に向かって抱いてと言ってきた人物は男性であり、非常に野太い声でした。

そんな趣味は持ち合わせていないので、そうそうに諦めて貰《もら》いたいと思う。

……もう男湯区の方には怖くて行けない。

俺は溜息を吐《つ》いてから舞台を降り、頭の上へと着地してきたメアルを撫でながら宿へと戻った。


翌日、白黒の髪色がちょっと気になったので、グレイブさんに相談してオススメの染髪料を教えて貰うと、それを使って髪色を黒一色へと戻す。

大丈夫かな？　ちゃんと戻っているかな？　と確認していると、ハオスイが利用している宿の者が俺を呼びに来た。

どうやらハオスイは既に目を覚ましていて、俺を呼んでいるとの事なので早速見舞いにいく事にする。

俺と一緒にハオスイの所へと向かうメンバーは、頭の上のメアル、グレイブさん、セレナさん、そして、フロイドだ。

グレイブさんには色々お世話になったし、セレナさんに至ってはこの温泉街オーセンの顔役なのだから別に文句は一切無い。

だが、フロイドはどうして付いて来るのだろうか？

正直にお前が付いて来る必要性は特に感じないのだが？　と俺がそう言うと、フロイドは心外そうな顔をした。

「ワズ様がいく所、このフロイド在《あ》りでございます」

「……度々《たびたび》居なくなっていたよな？」

「体が一つしかないのが悔やまれます」

「……答えになってないよな？」

「まぁ、良いではないですか。細かい事は気にせずに」

「お前が言うな！」

やっぱ駄目だ、コイツ。

まともな会話を期待する方が間違っていた。

もう放置でいいや。相手をする方が疲れるし、付いて来るなら勝手にすればいい。

俺が溜息を吐くと、グレイブさんが気遣うように肩をぽんぽんと叩いてきた。

優しさが身に染みる。

そうして、俺達はハオスイが居る宿へと向かったのだが、その道中で街の人達から生温かい視線を向けられた。

どうやら、俺とハオスイの事が既に街全体へと知れ渡っているらしく、「結婚おめでとう」「ハオスイと幸せにな」などと、祝福の言葉を投げかけられる。

そういう人達には軽く会釈して応《こた》えておいたが、気が早くありませんか？

そうした対応をしている内に、ハオスイが待っている宿へと辿《たど》り着く。

宿の中へと入ると既に話は通っていて宿の従業員に部屋へと案内されるのだが、ハオスイからの要望で、グレイブさん、セレナさん、フロイドには別室で待機して貰い、まずは俺とメアルだけで会う事になった。

一息吐いてから部屋の中へと入ると、ベッドの上で上半身を起こして休んでいるハオスイの姿を見つける。

胸の辺りに龍の刺繍《ししゅう》が施された、薄い緑色のパジャマを身に纏《まと》っており、肌色からは特に悪くなっている印象は受けない。単に疲れて休んでいるといった感じだ。

昨日の戦いの影響と、魔王化の状態もすっかり無くなっているようで、とりあえずほっとした。

メアルが頭の上から飛び立ち、ハオスイの下《もと》へと向かうと、その姿に気付いたハオスイが嬉しそうに笑みを浮かべる。

年齢相応の可愛い笑顔にドキッと一瞬胸が高鳴った。

「……言ってる事は正しかった。旦那様は、私より断然強かった」

「キュイ！　キュイ！」

「……自慢？」

胸を突き出して誇らしげな顔をするメアルと、少し不満そうな表情を見せるハオスイがそこに居た。

なんというか、目の前の少女を救えたんだと思うと、自分の事を少し褒めたくなる。

しかし、メアルは何を言ったのだろうか？

……気になる。俺もメアルときちんと会話したい。

切実に願う。

そんな事を考えながらハオスイを見ていると目が合った。

そこで俺が居る事に漸《ようや》く気付いたのか、ハオスイの顔が一気に真っ赤になって、かけられている毛布で上半身をこそこそと隠す。

ん？　ん？　何？　何？　どうした？

というか、こんな態度を取られて俺どうしたらいいの？　と悩んでいると、ハオスイは恐る恐る毛布から顔を出して、再び俺と視線を合わせると声をかけてきた。

顔は変わらず真っ赤である。

「……待っていた。……ようこそ、旦那様」

「……ど、どうも」

やっぱ、旦那様って俺の事なのか。

その呼び方に関しては後で尋《たず》ねるとして、俺はベッドの横へと椅子を持っていき、それに腰かける。

するとメアルはハオスイに向かって何度か鳴いて、そのまま部屋を出ていった。

「あれ？　メアル？」

「……大丈夫。気をきかせてくれただけ。私達の話が終わるまで、皆と待っていると」

「そ、そう……」

……ん？　あれ？　……という事は。

……俺とハオスイの……二人きり？

あ、やばい。なんか意識しだすと急にドキドキしてきた。

平静は保てたと思うけど、一応咳払いだけはしておく。

改めてハオスイへと視線を向けると、俺に向かって頭を下げてきた。

「……救ってくれて、ありがとう。……さっき、私を救うために白龍様の涙を手に入れてきたのも聞いた。……本当にありがとう」

さっき？　……メアルに聞いたのかな？

まぁ、涙の提供元はメアルの祖母だし、自慢したくもなるか。

と、そんな事より、感謝の言葉を贈られるのは嬉しいが、俺の方は謝っておかないと。

「いや、別に気にしなくて良いって。俺が勝手にやった事だし。それに、あの時は無理矢理口移ししてしまって、ごめん。それしか手段が無いと思ったから……」

無理矢理口移しした事を謝ると、ハオスイは首を傾《かし》げる。

「……どうして謝るの？　夫婦が口付けを交わすのは当然。何も問題無い」

「ふ、夫婦？」

「……そう。昨日の戦いは旦那様が勝った。だから、私の全てを捧げる。つまり、夫婦」

あっ！　だから、もう俺の事を旦那様呼びしていたのか。納得。

……いや、違う違う違う違う違う違う。

「展開が早くない？　……じゃなくて、あれって建前じゃなかったの？　確かに俺が勝ったけど、ハオスイを無理矢理自分のモノにしようだなんて欠片《かけら》も思ってないし。ハオスイにはハオスイの人生を歩んで欲しいというか……」

「……つまり、私の事が嫌いって事？　足りないのは胸？」

「いや、胸は関係無いような……。別に胸の大きさで判断はしてないけど」

そう言い終わると、俺はぎょっとした。

ハオスイがその目に涙を浮かべて、悲しそうな表情をしているのだ。

「そうじゃなくて！　そういう事じゃなくて！　自分の気持ちを大事にしろって事で！」

「……嫌いなの？」

「いや、嫌いではないけど」

「……けど？」

「まだお互いの事をよく知らないというか……」

「……一生、一緒に、居るって、言った」

「はい。言いました」

「……嘘だったの？」

「そう言った気持ちに嘘は無いです」

「……言った言葉に責任を持つべきだと思う」

「はい。仰《おっしゃ》る通りです。すみません」

……あれ？　なんで俺が謝っているんだろう？

「……それに、お互いの事を知らないというのであれば、これから知っていけばいい。……そもそも、私が結婚出来るようになるまでにはまだ半年以上はある。その間に旦那様を魅了するから問題無い。……それとも、もう他に奥さんが居る？」

「いや、居ません。居た事もありません。そんな相手も居ません」

自分で言っていて、ちょっと悲しくなった。

「……なら、尚更《なおさら》問題無い。……居たとしても、説得して奥さんになる」

ハオスイは、随分と前向きだなぁ……。

というよりは、積極的と言い直した方が良いかもしれない。

俺は自然と笑みを浮かべる。

そうだな。これからお互いの事を知っていけばいいんだ。

だからまずは、俺の事をハオスイに教える。

今に至るまでを、ざっくりと話して聞かせた。

もちろん、旅の目的も、振られ続けている事も……。

振られ続けている事にハオスイは首を傾げたが、メアルに世界を見せる旅には同行すると意気込んでいた。

そして、ハオスイも自分の過去に何が起こったのかを俺に教えてくれる。

それを聞いた俺は、何も言わずにハオスイの頭を撫でておいた。

一人で頑張ってきたんだねと、安心させるように笑みを浮かべて。

とりあえず、今度シロに会ったら一発しばく。そして謝らせよう。

そのまま撫で続けていると、ハオスイは再び顔を真っ赤にして頭から毛布を被《かぶ》った。

暫《しばら》くの間待つと、ハオスイが毛布からこそっと顔を出して、俺がまだ居るかを確認するような視線を向けてくる。

はいはい、まだ居ますよ〜。

「それじゃ、これから宜しくな。俺の事が嫌になったら、いつでも居なくなっていいから」

「……そんな事は起こらない。私は旦那様に惚《ほ》れているから。その想いは旦那様の話を聞いて、ますます強くなった」

……想いが強くなる要素あったかな？

「……それに救われた事とは別の感謝もある。旦那様に負けた事で私に新たな可能性が発現した」

そう言って、ハオスイはごそごそ自分の服を弄《いじ》ってギルドカードを取り出し、俺に渡してくる。

……一体どこにあったの？

どこにあったのか、ちょっと知りたいような気がするんだけど……。

そんな思いを抱きながら、ギルドカードを受け取って確認する。

名前：ハオスイ　　種族：龍人　　年齢：十四歳
ＨＰ：５３７２／７６９１　　ＭＰ：４３７／６５８
ＳＴＲ：７５９　　ＶＩＴ：８００
ＩＮＴ：４３８　　ＭＮＤ：６９８
ＡＧＩ：７６１　　ＤＥＸ：３６７

スキル
「戦闘王」Ｌｖ：Ｍａｘ（複合）　「戦術王」Ｌｖ：Ｍａｘ（複合）
「龍化」（固有）　「固有魔法：龍」Ｌｖ：Ｍａｘ（固有）（現在使用不可）
「超回復」Ｌｖ：Ｍａｘ（複合）　「身体強化」Ｌｖ：７
「全耐性」Ｌｖ：８　「状態異常無効」
「勇者」Ｌｖ：６　「限界突破」Ｌｖ：１（固有）

……あれ？　なんかステータスが全体的に下がっている？

でも、「魔王」が消えて、「勇者」の封印が解けているのには、ほっとした。

勇者と魔王では、ステータスの上昇率が違うみたいだったし、その辺りが影響しているのだろうか？　しかし、ハオスイが言った新たな可能性って何だろう？

そうして最後まで確認すると、前回見た時には無かったスキルがあるのに気付く。

……限界突破？

なんだ、この胸躍る言葉は。

なんて素敵な響きなんだろう。

俺はワクワクしながら確認する。

「限界突破」Ｌｖ：１（固有）
人の限界を超える。超越者。
ステータスの上限が一桁上がる。

……えっと。

つまり、今のハオスイは、鍛えれば鍛える程、前よりも強くなっていくという事でいいのだろうか？

けど、なんでこれが俺に負けたからなんだろう？

「……旦那様に負けて上を知った。きっと、それが理由」

そういうものなのだろうか？

まぁ、負けた本人がそう言っているし、そういう事でいいのかな。

ハオスイもそれで納得しているようだし、それでいいか。

しかし、コレとは別に気になる事がある。

「えっと……。それはまぁいいとして、俺の呼び方は旦那様で固定なの？」

「……将来そうなるから問題無い。……それとも、別の呼び方がいい？　主様《あるじ》？　ご主人様？

……お兄ちゃん？」

「ぶっ！」

ハオスイの「お兄ちゃん」発言に、思わず吹き出してしまった。

その言葉で思い出すのは故郷に居る妹の事。

元気でやっているのだろうか？

急に居なくなって心配しているかもしれないし、一度会いにいっておいた方が良いだろう。

「と、とりあえず、そのままでいいです」

「……わかった。旦那様」

そう言って、ハオスイが嬉しそうに笑みを浮かべる。

その笑みにドキドキしていると、部屋の外が何やら騒がしい。

ハオスイもそちらが気になるのか、不機嫌そうにして部屋の扉の方へと視線を向けると、その扉が勢いよく開かれ、一人の獣耳の少女を先頭に、グレイブさん達が部屋の中へと雪崩《なだ》れ込んで来る。

「力を貸して！　ハオちゃん！」

「……マーちゃん？」

おや？　知り合いですか？

第一章　獣人達の国へ

獣耳の少女が室内を一気に駆け、ハオスイに抱き着く。

その少女の容姿は、金色の髪にぴんとした猫耳、普段なら快活そうな顔立ちなのだが、今は汗まみれで悲壮な表情を浮かべている。

服装は豹《ひょう》柄の布地を胸と腰回り、それと足にも巻いていた。

そんな肌色面積が多い服装なので、充分に鍛えられて引き締まった体つきをしているのがわかる。

胸とお尻は慎ましい感じだが……。

そしてお尻には、髪色と同じ金色の尻尾がぴこぴこ揺れている。

そんな少女がハオスイに抱き着いたまま、切羽詰まった声で話しだした。

「お願い！　力を貸して！　ハオちゃん！　このままじゃ、私達獣人族が終わっちゃう！」

「……どういう事？」

少女が続きを話そうと口を開いたところで、漸く俺達がこの場にいる事に気付いたのか、怯《おび》えるようにハオスイの後ろへと隠れ、目付きを鋭くして威嚇《いかく》してきた。

「ふ～……ふ～……」

「……落ち着いて、マーちゃん。……旦那様とメアルとセレナは信用出来る。……他は知らないけど。……特に、執事の服を着ている男は信用出来ない気がする」

グレイブさんは信用出来るよ。

フロイドに関しては、俺も同意見だ。

しかし、そこを突っ込むと話が進まないので、とりあえず害意は無い事だけは伝えておく。

ハオスイがそれを少女へと伝えて、やっと警戒が解かれた。

席を外した方が良いかな？　と思ったが、その考えはハオスイによって止められる。

「……旦那様も一緒に聞いて」

「あっ、はい」

という訳で、俺達も一緒に少女の話を聞く事になった。

もちろん、少女も納得の上である。

少女には一度落ち着くために果実水を飲んで貰い、その間に俺達は話し合いの場を作った。

ハオスイが寝ているベッドを中心にして、その周りに集まる。

俺はハオスイからの強い――決して妥協しない要望により、ベッドの上でハオスイの隣に座り、その反対側に少女が居て、グレイブさんとセレナさん、フロイドはベッドを囲む形だ。

グレイブさんとフロイドは、俺とハオスイの事情が既にわかっているのか、にたにたした笑みを浮かべ、セレナさんはどこか微笑《ほほえ》ましそうな笑みを向けてくる。

とりあえず、フロイドは後で鉄拳制裁な。

メアルはいつものように俺の頭の上だ。

「さて、それで何が起こったんだ？　先程までのその子の様子を見る限りだと、かなりヤバそうな雰囲気だが？」

グレイブさんがそう切りだすと、少女は俺達の顔を順繰りに見て、覚悟を決めたような表情で話しだした。

「まず、私の事からお話しします。私の名前はマーラオ・レガニール。ここから西にある獣人の王国レガニールの王、ギオ・レガニールの娘です。マーラオと呼んで下さい」

そう言って、少女――マーラオは、俺達に向かってゆっくりと頭を下げた。

「……前に奴隷にされそうなところを助けた」

ハオスイがそう言うと、マーラオは顔を真っ赤にして反論する。

「あれは！　……他の仲間を助けようとして、ちょっとしくじっただけで」

尻すぼみで声量が小さくなっていくが、怒っているという感じではなく、ハオスイと仲睦《むつ》まじい印象を受けた。

そこから、この二人は友達になったのだろう。

「それで、こうして助けを求めに来たという事は、何かしらの事態が起こっているという事でしょうか？」

フロイドが窺《うかが》うように尋ねると、マーラオは真剣な表情を浮かべる。

「……はい。ですが、国の事情になりますので出来ればハオちゃ……北の勇者ハオスイ様だけに話をお聞かせしたいのですが？」

「……マーちゃん。執事の人はわからないけど、他の人達は信用出来る。特に旦那様にはのっかかるくらいに頼ればいい。きっと何とかしてくれる」

ハオスイの、フロイドへの当たりが強い。

いや、自業自得……因果応報か？

しかし、のっかかるくらいはアレだけど、頼られるのは嬉しいかな。

「ハオちゃんがそう言うなら……」

マーラオは覚悟を決めたのか、一つ頷《うなず》いて話しだす。

「……現在、我が国は穏健派と強硬派の二つに分かれております。私達王族は穏健派に属しているのですが、戦闘に特化している獣人のほとんどが強硬派に属してしまい、国の指針がそちらの方へと決まりそうなのです。獣人は強い者を好む傾向が強いですから、私達穏健派の発言力が弱くなってしまい……」

マーラオが顔を俯《うつむ》けて悲痛な表情を浮かべる。

「その事が、ハオスイに助けを求めた理由とどう繋《つな》がるの？」

俺が尋ねると、マーラオは顔を上げて一息吐いて話を続ける。

「今、我が国では戦争の準備をしているのです」

「……それは穏やかじゃないな」

グレイブさんが顎《あご》に手を当てて真剣な表情を浮かべた。

「まず、強硬派の旗頭《はたがしら》はお父様の弟であるデイズ・レオニール様なのですが、彼は私達獣人の中でも一番強く、優しい心の持ち主でした」

「でした？」

「はい。それは少し前までの事。その時までは私達と同じく穏健派に属していたのですが、ある日突然強硬派へと鞍替えし、今は獣人の地位向上、奴隷獣人の解放を謳《うた》い、国の南――大陸の南西の位置にある国へ戦争を仕掛けようとしているのです。確かに、その国に属する者達に多くの獣人が攫《さら》われて、奴隷へと落とされていると聞き及んでいます」

　そんな国があるのか。

　確かにそのまま放置というのは出来ないかな。

「デイズ様が戦争を起こそうとする理由も気持ちも理解出来ますが、戦争を正当化する訳にはいきません。戦争は双方に憎しみしか与えませんから……。私達穏健派も戦争回避のために、その国と話し合いのテーブルを用意しようとしているのですが、向こうからは文句があるならかかって来いと挑発されてしまい……」

　あぁ、なるほど。その国の方がやる気満々なのか。

　そのデイズって人からしてみれば、だったらやぁってやるぜ！　的な気持ちなのかな？

「デイズ様にも踏み止《とど》まって貰おうとしたのですが、逆に返り討ちに遭い、お父様も含めて穏健派の名立たる者の多くが捕らえられてしまいました。今、国の実権を握っているのはデイズ様で、着々と戦争の準備を整えているのです。このままでは間違いなく戦争が起こるでしょう。それをハオちゃんに止めて貰いたくて……」

結構な事が起こりそうになっているようだ。

皆の様子を確認してみると、グレイブさんとフロイドは何やら考え込んでいて、セレナさんは絶句し口元へと手を当てている。

一方でハオスイの表情は変わっていないためによくわからないし、メアルに至っては欠伸《あくび》をしていた。

君達はもう少し緊張感を持った方が良いと思うよ。

ただ、メアルにだだ甘な俺は、そうだね。真面目な話ばっかりで眠くなったのかな？　といつものようにメアルを撫で始めた。

すると、ハオスイがメアルを羨《うらや》ましそうに見だしたので、空いている手でハオスイの頭を撫でる。

ハオスイが顔を真っ赤にしている中、グレイブさんが真剣な表情でマーラオへと尋ねた。

「……大体の事情は理解出来た。それで、北の勇者ハオスイに何をさせるつもりだったんだ？」

「私と共に国へと行って貰い、まずはお父様達を助け出すために力を貸して貰おうかと」

「まずは……という事は、続きがあるんだな？」

「……その後は、お父様達と共に強硬派を……デイズ様を止める手助けをお願いしたいと」

「簡単に言うが、わかっているのか？　強硬派の大部分は武闘派なんだろう？　確実に厳しい戦いになるぞ。それは、ハオスイの身にも危険が及ぶんじゃないのか？」

「それは……そうですが……」

マーラオは、それだけ言うと俯いてしまった。

両手を固く握り締めて何も言わない。

すると、俺に撫でられ続けているハオスイがマーラオへと顔を向ける。

「……私なら大丈夫。問題無い。友達が困っているなら助ける」

「……ハオちゃん」

マーラオが嬉しいような、それでいて申し訳なさそうな表情をハオスイへと向ける。

「そうは言うが、体調は万全じゃないんだろう？　いくら強かろうが、そんな状態でいくのはさすがに無謀というモノじゃないのか？」

「……それも問題無い。だって」

ん？　ハオスイが俺に視線を向ける。

……おや？　これは？　もしや？

「……旦那様にお願いするから。……お願い、マーちゃんを助けてあげて」

言うと思った。

それでも、俺の手はメアルとハオスイを撫で続ける。

無言でそうしていると、マーラオが驚いた表情でハオスイへと問い質《ただ》す。

「えぇ！　ハオちゃん結婚したの？」

遅くない？　いやいや、その反応は遅くない？

ちょっと前からハオスイは俺の事を旦那様って呼んでいたよ。

「……まだしてない。けど、将来そうなる。絶対。確定事項」

その念押しは俺に向けてかな？

俺が苦笑いを浮かべていると、グレイブさん達が次々に言葉を投げかけてくる。

「まぁ、ワズならあっという間に終わらせるだろうな。結婚おめでとう」

「これで安心ですね。ご結婚おめでとうございます」

「ワズ様の強さは既に証明されておりますし、安心ですね。結婚おめでとうございます」

「キュイ！　キュイ！」

全員気が早い。ハオスイがまだって言っていたでしょ？

この一連の流れに、マーラオはポカーンと口を開けた。

「……え、えっと、話が見えないんだけど」

「……マーちゃん。旦那様に任せておけば大丈夫。マーちゃんが望んだ事は全部解決してくれる。

……だって、旦那様は私よりも断然強い」

「えぇ！　ハオちゃんよりも強いの？　とてもそうは見えないんだけど……」

マーラオが疑わしげな視線を俺へと向けてくる。

すみません。事実です。

結婚はまだしていませんが、強さに関しては本当なのでそこは信じて欲しい。

「……お願い、旦那様。助けてあげて」

ハオスイが俺の服の裾《すそ》を摘《つま》みながら懇願してきた。

表情はいつも通りだが、その目は真剣な印象を受ける。

本当に友達を助けて欲しいのだろう。

まぁ、ハオスイがこんな状態なのは俺にも原因がある訳……あれ？　あるか？

……まぁいいか。

それにハオスイの言う通りなら、未来の嫁さんだし、こんな真剣に頼まれたら断る事なんて出来るはずない。

「わかった。俺に任せなさい」

ハオスイの頭を優しく撫で、マーラオへと視線を向ける。

「ただし、力ずくで解決する事になると思うけど、それでも良い？」

「大丈夫です。ハオちゃんの旦那様がデイズ様達強硬派の中枢を倒してくれるのなら、後は穏健派である私達が何とか抑え込みます。元々、ハオちゃんにもそうして貰うつもりでしたから」

あ、いいのね？　なら俺にもどうにか出来るかな？

こうして、俺はマーラオと共に、西にある獣人の国へと向かう事になった。

別章　嫁達（ワズ知らない）と未来の嫁の出会い

1

私――タタとサローナ、ナレリナ、ナミニッサの王族双子姉妹、そして、ユユナ、ルルナの双子エルフとルーラちゃんにネニャ、最後に私達の護衛としてマーンボンド王国の騎士であるキャシーさんの合計九人は、王都マーンボンドから馬車に乗って、ワズ様が居るという温泉街オーセンへと向かっています。

時間はかかりますが、最も安全だという陸路を選びました。

陸路を選んだ理由は怪我一つ無くワズ様に会いたいのと、私達自身の親睦を深めるためです。

まず私達は互いの呼び方を変え、さん付け、様付けをやめました。

ナレリナが、確かに自分達は王族だが、共にワズの奥さんになるのだから対等な立場として、そういう他人行儀な呼び方はやめようと仰り、そうする事にしたのです。

そして私達は、次に互いの足りない部分を補っていこうと相談しました。

具体的には、私は自分の身を守るだけの力を、サローナ、ナレリナ、ナミニッサは奥さんになった時のために家事スキルの勉強を欲したのです。

家事スキルというのは「料理」「洗濯」「掃除」等が組み合わさった複合スキルで、サローナ達はどれも持っていないというので、私とキャシーさんで教えていく事になりました。

なので、私はナミニッサから結界魔法を教わり、その間はサローナとナレリナは互いを訓練相手として何度も組手を繰り返し、そこにネニャやユユナ、ルルナ、キャシーさんも時折加わり、空いた時間で家事スキルをサローナ達に教えていきます。

オーセンへと向かう道中で、午前は戦闘、午後は家事に当てて進んでいきました。

そうそう、キャシーさんに関しては、ワズ様に対して私達と同じ想いを抱いているようですが、妾《めかけ》で構わないと意見を変えません。

もう少し欲張っても良いと思うのですが……。

それに、家事スキルも私より高いように感じます。

この中で一番奥さんに向いているような気がするのですが……本人が意見を変える事はありませんでした。まぁ、この辺りはワズ様に任せましょう。

私達としては、キャシーさんは素敵な人ですし、奥さんに加わる事を喜んで受け入れるのですが。

それと、ルーラはそんな私達をにこにこと眺《なが》めています。

ルーラは元々宿屋道に必要という事で、既に家事スキルを習得していますので特に問題はありません。本当、まだまだ子供なのに侮《あなど》れませんね。

しかし、結界魔法の習得は本当に難しいです。

事前に、ナミニッサから私に結界魔法の適性があると教えられていたのですが、今までそういった事に触れてこなかった分、中々先には進みません。

元々、攻撃するという事が精神的に向いていないというのもあるかもしれない。

その事をナミニッサに伝えると、助言を与えてくれます。

「戦うという事がそのまま攻撃に繋がるという訳では無いですよ。自分の身を守るというのも立派な戦いです。タタが単独で安全を確保出来るというだけでも、ワズ様にとってはプラスに働きますよ」

そう言われて、私の意識は上を向きます。

まずは自分の身を守れるようになる事が必要という事。

そうすれば、ワズ様も安心して戦え、持てる力を発揮出来るという事です。

そして、今まで以上の集中力でナミニッサから結界魔法を教わりました。

「いいですか。最初は小さくても構いません。魔力で出来た盾を作りましょう」

「はい」

返事は威勢よくしたのですが、中々上手く出来ません。

直《す》ぐに魔力が霧散したり、ぐにゃぐにゃの盾が出来たりと、形を維持するのが難しいです。

「始めたばかりですし、そう焦らなくても良いですよ。こういうのは少しずつ……体に覚えさせるように反復していく事が大事ですから」

「はい」

そうして、ナミニッサに教わりつつ結界魔法の習得を目指します。

その傍《かたわ》らでは、サローナとナレリナが模擬戦をしているのですが、動きが速過ぎてよく見えません。

ナミニッサには見えているようで、本当に凄い方達だと思います。

……うん。

私も負けないようにとは言わないけど、ワズ様に会えた時、自分を少しでも誇れるように頑張ろうと決意しました。

それに、サローナ、ナレリナ、ナミニッサも頑張っています。

当初は本当に酷かった……。

サローナは「洗濯」を習いだしたのですが、洗剤入れ過ぎ、水少な過ぎ、洗う力が強過ぎで、練習用の布が何十枚も駄目になったのです。

それでも、今は数枚に一枚は綺麗に洗う事が出来るようになりました。

ナレリナは「掃除」を希望したのですが、力加減が上手く出来なかったのか、普通のはたきで鉄製の調度品をボコボコに変形させるという、不思議な現象を起こすのです。

今では、はたきの方が折れるまでに、力加減が出来るようになったのですが……これって成長でしょうか？　……成長でしょうね。

ナミニッサは「料理」を覚えたいと言ったのですが……ここでも不思議な現象が起こります。

代表的な家庭料理として、肉とじゃがいも等の野菜を煮た料理をお願いしたのですが、完成品は焼いた料理の味がしました。

次に魚を焼いて貰ったのですが、これは生で食べた時のような食感です。

魚の表面、中身は確かに焼けて湯気も昇っているのですが、何故か口に入れると生の食感……。

どういう事かわかりません。

マーンボンド王家の血の為《な》せる業《わざ》でしょうか？

いえ、食べられないという訳ではないのですが……本当に不思議。

オーセンへと向かうまでの料理当番は私とナミニッサなので、徹底的に教え込もうと思います。

そして、オーセンへと向かう道中、私はナミニッサと一緒に本日の晩御飯を作っている最中に、気になっている事を尋ねました。

「そういえば、ナミニッサはワズ様の居場所を詳しく知っているようですが、どうしてでしょうか？」

「それですか？　私に居場所を教えてくれる者がワズ様の近くに居るからですよ。これを使ってね」

そう言って、ナミニッサは緑色の宝石が嵌《は》めこまれている指輪を見せてくれます。

「これは連絡用の魔導具で、これと同じ物を身に着けている者が、ワズ様の居場所を度々報告しているのです。こちらもサローナとタタ達の事を伝えていますよ」

「近くに居る者？　誰でしょうか？」

「フロイドという私専属の執事です。少し前にあった戦いの終わりに、私の指示で後を追って貰い、行動を共にするよう頼んでおいたという訳ですよ。……まぁ、私から離れた事で少々ハメを外していないか心配ではあるのですが」

「……どういう事でしょうか？」

「なんと言えばいいか……。陽気？　というか……少々掴《つか》めないというか……自分に正直というか……。害がある訳ではないし、執事としては飛び抜けて優秀である事は確かなのですが……」

そう言って、ナミニッサは考え込みます。

「……言っていて不安になりました」

「大丈夫なんでしょうか？」

「恐らく……。定期的に連絡は寄こしていますし、任せた仕事もきちんとしているようですが……。ただ、ワズ様にご迷惑をかけていないかが……。多分、大丈夫だと思います……。多分……」

ナミニッサが、不安そうな表情で言います。

それを聞いて私もその人物に対して不安を覚えますが、きっとワズ様なら何とかしている事だろうと、ナミニッサと共に料理を進めていきました。

そろそろサローナ達がおなかを空かせて戻って来る頃になります。

急がないと……。

そして、出来た料理を皆で食べたのですが、やはりナミニッサの力は凄まじく、見た目とは違う味でした。

……恐るべし、マーンボンドの血脈。

そうして、互いの力を高めていきながら、私達はオーセンへと辿り着いたのです。

2

目の前にある温泉街オーセンの入口の横に、私――ナミニッサの指示で動いていた専属執事であるフロイドが佇《たたず》んでおり、こちらの馬車を確認すると、ゆっくりと一礼しました。

私達が馬車を降りてフロイドへと近付くと、微笑みを浮かべて言葉をかけてきます。

「お待ちしておりました、ナミニッサ様。皆様と共にご無事の到着、心より安心致しました」

「御苦労さまです、フロイド。ワズ様にご迷惑はかけておりませんよね？」

「それはもちろんでございます」

「その即答が既に怪しいのですが……本当ですか？」

「私が出来る限りのサポートをさせて頂いております」

それが不安なのですが……。

しかし、このままここで押し問答をしていても仕方ありません。

「それで、ワズ様はどこに居《お》られるのですか？」

「その事ですが、申し訳ございません。火急の件が起こり、その対処のため既にこの街から旅立たれてしまいました」

「……どういう事でしょうか？」

「このような街の入口で話せる内容ではありませんので、まずは彼女の下へと向かいましょう」

「彼女？」

フロイドはそれだけ告げて、私達をオーセンの中へと誘《いざな》います。

私達はそのまま女湯区へと向かい、その中にある一つの宿屋へ入りました。

ここに私達と会わせたい人物が居ると、フロイドが言うのです。

誰なのでしょうか？　と考えながら、案内されるまま室内へと入ると、そこには北の勇者ハオスイ様が居られました。

一体どういう事でしょうか？

ハオスイ様と私達を会わせる理由がわからず、フロイドへと確認すると、ここまでのワズ様の取った行動を話してくれました。

そして、ワズ様とハオスイ様が戦うというところまで話すと、ここからはハオスイ様がお話する方が宜しいでしょうとフロイドが言い、ユユナ、ルルナ、ルーラ、ネニャの四人を連れて部屋を出て行きます。

「では、何か御用がございましたら私達は隣の部屋で待機しておりますので」

と最後に告げて、この部屋の中に残されたのは、私、サローナ、タタ、ナレリナ姉様、キャシーの五人と、ハオスイ様だけとなりました。

すると、ハオスイ様が自らの身に起こった事、そして、ワズ様がした事を話しだします。

「……で、救ってくれた旦那様と熱い口付けをした」

『……』

ワズ様とハオスイ様の戦いの最後に起こった事を聞いた私達は、何も言えませんでした。

「……それで、一生一緒に居る事も納得させた。……つまり、私はもう妻。人妻」

まだ結婚出来る年齢では無いですよね？

心の中で、思わずそう言ってしまいます。

しかし、正直に言えば羨ましい事この上無いです。

ワズ様からのく、口付けで救われ、そのまま自分から唇を奪う……。

更に婚姻の約束まで取り付けるなんて……侮れません。

なんて行動力のある人なのでしょう。

さすが勇気ある者……勇者という事なのでしょうか？

私ももっと行動しておけば良かった。

胸を押しつけるだけではなく、泊りだったのですから襲いかかって既成事実を作れば良かったと、今は思います。

サローナ達の出来事を考えれば、私とナレリナ姉様が一番出遅れているように感じられる。

キャシーも何だかんだとワズ様を懐柔《かいじゅう》していそうですし……。

しかし、今悔やんでも仕方ありません。

大事なのは、これからの行動と未来なのですから。

……ハオスイ様は、私達の提案――ハーレムを受け入れてくれるでしょうか？

……そのためには、まず私達の事を知って頂かないといけませんね。

そうして私達は、順を追ってこれまでの事をハオスイ様へと伝えていきます。

サローナから順に――。

「……という事が里で起こったのだ。私の知り合いがハオスイ様と同じ状態へと陥り、そのまま襲われたのだが、ワズさんが颯爽《さつそう》と助けに来てくれた。本当に感謝してもしきれない。だからこそ、望まぬ形で終わった事を……私の気持ちをきちんと伝えたくて……。そして、受け入れて貰いたい」

「……大丈夫、旦那様ならきっと受け入れてくれる」

次にタタが――。

「……と、そんな汚れた私ですが、それでもいいと言ってくれたワズ様への勘違いを正して、身も心も捧げたいのです。……まだ、一緒に戦う力も無い私ですが、それでも一緒に居たいと思っています」

「……強さはこれから身に着けていけばいい。私もタタを鍛える。一緒に頑張ろう」

そして、私、ナレリナ姉様――。

「……と、正に一騎当千でした。周りに居た魔物と敵を、瞬く間に一蹴したのです」

「本当にアレは凄かった。まぁ、そのおかげで私達も自分達の戦いに集中出来たが。……しかし、ワズに『シロ』と呼ばれていた行商が突然現れて、メアルが攫われ、その結果私達は気持ちを伝える時間が無かったのだ」

「……その姿、見たかった。きっと凄く格好良かったと思う。あの変な行商を懲《こ》らしめる理由が、一つ増えた」

最後にキャシーが――。

「……え？　私ですか？　そんな皆様へとお伝え出来るようなエピソードは無いですし……。ただ、救って貰って、色々手助けしてくれる姿に惹《ひ》かれたというか……。あぁ、この人に尽くしたいなと思っただけで。皆様と同じ立場も望んでいませんし……」

「……キャシーはもっと望んでもいいと思う。大丈夫。旦那様なら、どんと受け止めてくれる」

と、ここまでの私達の話を聞いたハオスイ様は、励ますような好意的な返答をして下さいました。

……あれ？　もしかして？

「ハオスイ様は、ハーレムになる事を了承して下さるのですか？」

「……問題無い。家族が増えるのは嬉しい。旦那様が望むなら、私もどんと来い！　……それに、皆良い人だっていうのはわかる。旦那様への気持ちが伝わってきた。なら、きっと仲良く出来る。……皆で旦那様を愛すればいい。私もハーレムになるよう協力する。皆で幸せになる」

ハオスイ様の、家族という言葉に胸が締め付けられます。

先程、ハオスイ様の話の中で、過去に起こった出来事も聞きました。

幼くして家族を失う……。きっと、私では想像も付かないような苦しみの中に居たのでしょう。

……なら。

「そうですね。私達は、ワズ様を中心としたハオスイ様の新しい家族です。皆で幸せになれるよう頑張りましょう。目的は同じく奥さんですが、私達の事をお姉ちゃんと思って頂いても構いませんからね」

「……ありがとう。ナミニッサ……お姉ちゃん。なら、私の事も呼び捨てでいい。皆同じ奥さんなんだから」

「そうですね、ハオスイ」

そうして、私達は温かい気持ちで笑みを浮かべ、手を取り合います。

もちろん、恥ずかしがっているキャシーも一緒に。

ここに居る全員で、共に頑張っていきましょう。

ワズ様にハーレムを認めて貰うため、私達は無言で頷き合います。

その後も、現在私達が互いに課題としている事をハオスイへと伝えると――。

「……なら、私も習いたい。家事も習いたいし、サローナ達の訓練相手にもなれる。……それと……タタから夜にすべき事も教わりたい。……旦那様に喜んで貰いたいから」

「もちろん、お教えしますよ」

ハオスイが顔を真っ赤にしてそう言うと、タタが優しい笑みで返します。

ふふ……もちろん、私達もワズ様に喜んで欲しいと思っていますよ。

だって、私達はワズ様の未来の奥さん達なのですから。

共に助け合っていきましょう。

「……それで、体調はいつ頃回復するのでしょうか？」

私がそう尋ねると、ハオスイは自分の体をペタペタと触って確認します。

「……明日には完全回復してると思う」

「わかりました。ルーラちゃんにもこの街を見せたいですし、その時間くらいは取れそうですね」

「……他の人達にも旦那様の話を聞きたい」

「ふふ。それも忘れていませんよ」

ハオスイに向かって微笑み、頭の中で今後の予定を組み立てていると、隣の部屋から意味のわからない声が聞こえてきました。

「これが！　牛勇者！　でございます！」

『おぉ～……』

パチパチと拍手まで聞こえました。

私は無言で立ち上がり、隣の部屋へと向かいます。

ノックも無しに問答無用で扉を開くと、そこには白黒牛模様のマスクを被ったフロイドと、それを見て拍手をしているルーラちゃん達四人の姿。

ユユナ、ルルナ、ネニャは苦笑いを浮かべているのですが、ルーラちゃんの表情は光り輝いています。

駄目です。そんなモノに憧れてはいけません。

私に気付いたフロイドは、優雅にマスクを取って懐《ふところ》に仕舞い、いつもの執事スマイルで声をかけてきます。

「これはナミニッサ様。どうかされましたか？」

何事も無かったかのように振舞っていますが、現場はしっかりと見ています。

やはり、ワズ様にご迷惑をかけていたようですね……。

これは後で詳しく追及しないと。

そうして翌日、私達はハオスイと共にワズ様の後を追って、西にある獣人の国レガニールに向けて出発しました。

第二章　何が彼を「憤怒《ふんぬ》」としたのか

1

「女神はなんやかんやとゲームに負けて、心の中では悔しがっている」

「大地母神は早々にゲームに勝利して、心の中でガッツポーズをしている」

「戦女神はなんやかんやとゲームに勝って、心の中では安堵《あんど》している」

「海女神は早々にゲームに勝利して、心の中で飛び跳ねるくらい歓喜している」


獣人の国レガニールへと旅立つための支度をしている最中、ふとギルドカードを確認してみれば、女神様達は何やら遊んでいた。

……本当にこの問題神達は、戦争が起こりそうだっていうのに何故こうなのだろう。

自由に過ごしすぎだと言いたい。

いや、だからこそ、神という事なのだろうか……。

少し空き時間が出来たから、冒険者ギルドに寄ってランクアップの申請でもしようかと思っていたのだが……もう放っておこう。

こんな問題神達のために、居心地を良くするつもりは一切無い。

特にお金には困っていないし、暫くの間は、問題神達に反省を促《うなが》す意味で現状維持だな。

俺は溜息を吐きながらギルドカードを仕舞い、見なかった事にした。

そして、食糧の買い込み等を終えて旅支度を終えると、俺はレガニールに向けて旅立つ。

同行者は可愛いメアルに、道案内のマーラオ、そして、グレイブさんである。

どうやら、グレイブさんの奥さんがレガニールに三人居るそうで、マーラオに確認すると、その全員が穏健派に属しているそうだ。

しかも、その内の一人が王城勤めのメイドさんらしく、今は強硬派によって他の奥さん達共々捕らわれの身となっていると教えてくれた。

その奥さん達の救出に向かうため、グレイブさんも共に来てくれる事になった。

正直言って心強い。

どこかの執事とは、やはり根本からの存在感が違う。

「……そうか。リットは捕まったのか。……まぁ、アイツは強いし大丈夫だと思うが。……プティとイウラも無事だといいが」

「……そうね。リット達の事、お願いね」

「あぁ。任せろ」

けれど、今は捕まっている奥さん達が心配なのか、悲痛な表情を浮かべている。

それはセレナさんも同様で、震える手でグレイブさんの服を掴んでいた。

どうか無事であって欲しいと思う。

グレイブさんには色々と恩を感じているし、俺も出来る限りの事はしようと決心した。

そうして俺達は、セレナさんに見送られながらオーセンを出る。

マーラオからの話だと、レガニールまでは普通に歩いていけば一カ月程かかるらしい。

その原因として、オーセンとレガニールの間には、森が存在していて、案内無しでは確実に迷う程の木々の密度と広大さらしく、それを避けるようにぐるっと回っている街道を普通に進めばそれぐらいかかるそうだ。

しかし、俺達はこの森の中を通っていく事にした。

それが最短だとマーラオが告げたからだ。

遠回りする街道を馬車で進むよりも、早く着くそうなのだが、ただそうなると走っていく事になる。

しかし、そんな事問題にはならない。

俺はステータスがアレだし、メアルも俺の頭の上、グレイブさんもSランク冒険者なので苦にもならないのである。

道案内で先頭を走るマーラオの速度に余裕で付いていく。

寧《むし》ろ、俺達の余裕っぷりにマーラオの方が驚いていた。

まぁ、さすがに何回か休憩は挟むし、魔物の撃退等もするのだが、予定よりも早くレガニールへと辿り着くだろう。

そうして、そろそろ何度目かの休憩をとろうかな？　と思った時、気配察知にひっかかるモノがあった。

数は一つだが、こんな森の中に居るのだ。

油断は出来ない。

グレイブさんも何か居る事に気付いたのか、俺と頷き合ってマーラオを庇《かば》うように前へと飛び出る。

道案内が居なくなると困るというのもあるが、ハオスイの友達に傷を付ける訳にはいかない。

そして、そいつが現れた。

「ちょ、ちょっと……待てぃ！　……い、いや、待って下さい」

その風貌は間違いなく盗賊である。

こんな所で盗賊に会うとは……。しかも一人。

普通に考えればありえないし、仲間がどこかに居るのだろうか？

そいつは薄汚れた服を身に纏い、腰には長剣を提げて、何日も洗っていないのか肌は薄汚れている。

顔も無精髭《ぶしょうひげ》を生やし、厳《いか》つくて……いかにも……なんだけど……。

その表情は青白くなって脂汗を至る所に掻いており……手でお腹を……押さえている？

「お、お前達……ここで会ったが運の尽き……か、紙……じゃなくて、金を置いていけ！」

……うん。……腹痛……なのかな？

「……紙が欲しいんだ」

マーラオがぽそっと呟《つぶや》くが、盗賊の男はそれを聞き逃さず吠える。

「金だ！　……つってん……だろ……うが」

叫びの後半は尻すぼみで声量が下がっていった。

お腹の痛みに負けそうなのかな？

ヤバいんですね？　ギリギリなんですね？

かなり必死に何かを我慢しているようだ。

俺とグレイブさんはどうしようかと顔を見合わせ、示し合わせたように盗賊へと声をかける。

「……そっかぁ。俺達が持っている金が欲しいのかぁ。……なら、抵抗するしかないよな、ワズ」

「そうですね、グレイブさん。……『紙』なら、直ぐに渡しても良いんですけど、『金』となると、こちらも抵抗するしかないですね。しかし、こちらも急いでいる身……必死に抵抗しますし、向こうも生活がかかっているでしょうから、もしかしたら結構な時間がかかるかもしれない……。それは、ちょっと困るんですよねぇ」

「そうなんだよなぁ……。それは、困るよなぁ……どっちも」

俺とグレイブさんは、ニヤニヤしながら言葉を交わす。

明らかに時間をかけたそのやり取りの間、盗賊は「あっ……」とか「うぅ……」とか、声を漏らしながら必死に耐えていた。

いつまで耐えられるかな？

もちろん、何かが決壊した場合は、即座にこの場を脱するつもりである。

「……ね、ねぇ？　あの人、何か苦しそうだけど、毒か何かを喰《く》らっているのかな？」

マーラオが気遣うように声をかけてきた。

そうだね。

……ん～、ある意味……毒よりも厄介かな。

「まぁ……。でも相手は盗賊だし、金を要求されている以上、迂闊《うかつ》に近付く訳にはいかないかな？」

「そうだな。助けようとした瞬間、斬りかかってくるかもしれんし」

「そっか。確かにその可能性もあるね」

「だから、今俺達が出来る事は、精一杯時間を延ばして、相手を焦《じ》らす事だ」

俺達の言葉に、盗賊の顔が絶望に染まった。

カタカタと体全体が震え、口をパクパクとしている。

だが次の瞬間、何かを諦めたかのように空を仰《あお》ぎ、片方の手は尻を押さえた。

遂に決壊の時か？

俺とグレイブさんは、マーラオを連れて即座に動けるよう態勢を整えるが、盗賊は暫くの間その姿勢を維持して笑いだした。

「フフ……フフフ……ア～ッハッハッハッ！」

笑い声の声量が、段階的に上がっていく。

ど、どうした？　もしや、既に手遅れか？

俺とグレイブさんが、不穏な事態を想像する。

すると、盗賊は両手をバッと広げて、高らかに宣言した。

「治まったぞぉ～！　波は過ぎたぁ～！　さぁ！　てめえら覚悟はいいか！　ここら辺じゃ名の知れた俺様の剣技！　とくと見せてやるぜ！」

そう言って盗賊が長剣を抜き放ち、俺達へとその切っ先を向けてきた。

馬鹿な！　治るだと！　決壊寸前だったじゃないか！

くっ、面倒な。

しかし、こうなったら仕方ない。

おちょくるのはやめて、正々堂々一発で沈めるか。

俺は拳《こぶし》を握り、グレイブさんは双剣を抜く。

戦闘態勢へと移行した俺達を見て、盗賊も次の行動に移った。

懐から短剣を取り出し、二刀流の構えをとる。

「甘いぜ！　俺様が二対一でビビるとでも思ったのか？　むしろ、二刀流こそ俺様の真骨頂！　大人しく金を置いていかなかった事を後悔するんだな！」

盗賊がこちらへと斬りかかってきたので、俺とグレイブさんもさっさと終わらそうと、飛び出した――。

「「…………………」」

「……うぅ。……また波が」

「あれ？　戦いは？　なんであの人、また苦しみだしたの？」

マーラオが言うように、盗賊は長剣を放り出し、再びお腹とお尻に手を当てて何かを我慢しだす。

というか、マーラオはそろそろ察しようよ。

純粋か！

しかし、盗賊の状態はよくわかる。

治まったと思ったら、また来るんだよなぁ……。

盗賊の顔色から判断すると、どうやら先程よりも強い波が来ているようだ。

その目には涙を浮かべ、訴えるように俺達へと視線を向けてくる。

「……お願いします。……もう行って下さい。……一歩も動いちゃいけないんです。……ヤバいんです。……女の子の前でなんかしたくありません。……どうか、お願いします。……尊厳を……人としての尊厳を守らせて下さい」

「……いくか」

「……そうですね」

グレイブさんは、何も言わずに懐から何枚もの白紙を取り出すと、盗賊の目の前の地面へとそっと置いた。

そして、俺達は大急ぎでこの場から走り去る。

2

マーラオが言うには、レガニールまでもう少しといった所まで来たらしい。

ここに来るまでの間でも、盗賊に何度も出会う。

いくらなんでも多すぎると思ったが、マーラオが言うには、戦争勃発寸前のレガニールと南西の国の影響でこの辺り一帯の治安が悪くなり、盗賊の類《たぐい》が増えてこの森の中に根城も出来たそうだ。

特に、戦争が起こりそうだからと南西の国から逃げて来る者が困窮して、そういう行為に走る事が多いらしく、なんとも傍迷惑《はためいわく》な話である。

一刻も早くこの事態を解決しなければ、国民は安心して眠れないと、マーラオが涙を溢《あふ》れさせながら嘆く。

俺達がマーラオを慰めていると、そいつが現れた。

木々の間からガサガサと音を立てて現れたのは、三人の男。

中央に立っているのは、一見すると優男《やさおとこ》であり、軽装で腰には曲刀を提げている。

その優男が曲刀を抜き、俺達に向かって声を張り上げた。

「こんな所で俺に出会うとは運が無い！　さぁ！　有り金を置いていって貰おうか！」

またかとうんざりするが、気になるのは残りの二人。

その二人は優男の直ぐ後方に陣取り、似たような……というか、全く同じ格好をしていた。

ただ奇妙なのは、片方は白色を基調としていて、もう片方は黒色を基調としている点と、顔や背の高さが優男と全く同じだという事だろうか。

三つ子かな？　と考えていると、グレイブさんが俺達の一歩前に出て声をかける。

「全く、本当に盗賊が多いな。しかし、一人とは随分度胸がある」

……………え？

いやいや……え？

一……二……三……。

「グレイブさん。三人ですよね？」

「はぁ？　何言ってんだ、ワズ。幻覚でも見ているのか？　どう見ても一人だ」

「何をぐだぐだ言っている！　有り金で命を買うのか？　俺の剣で命を散らすのか？　早く決めろ！」

優男が苛立《いらだ》った声を上げる。

しかし、俺はそれどころではない。

幻覚にかかった訳でもないのに、どう見ても相手が三人に見えるのだ。

マーラオに確認しても、相手は一人だと言う。

……あれ？　三人に見えているのは俺だけ？

一体どういう事なのだろうかと悩んでいると、優男（黒）が優男へと声をかける。

「へっへっへっ、あいつらビビっているな。このまま一気にやっちまおうぜ！」

どうやら優男（黒）は、かなり好戦的なようである。

そして、今度は優男（白）が優男へと声をかける。

「ここは一日退《ひ》きませんか？　人数も多いし、手練《てだ》れにも見えます。逆に返り討ちとなるかも……」

その言葉に優男は迷いを感じたのか、どうしたらいいのか悩むような表情を浮かべた。

というか、言葉をかけられたんだから答えてやれよ。

そう思っていたのだが、当の優男（黒）と優男（白）は、意見の相違故か口喧嘩をしだす。

「おい、てめぇ。邪魔すんなよ。ここは一気にいくシーンだろ！」

「全く、これだからこの単細胞は……。もっと状況をよく見て下さい。どう考えても不利でしょ？」

「はっ！　わかってねぇなぁ！　こういう不利な状況をひっくり返すからこそ、面白いんじゃないか！」

「面白いかどうかに命を賭けるなど、愚の骨頂です」

「なんだ？　それはつまり、俺が愚かだって言いたいのか？」

「そういう風に聞こえたのなら、そういう事なのでしょう」

そのまま優男（黒）と優男（白）は、互いに胸倉を掴み合う。

じゃなくて！

ちょっと、優男さん。後ろで本格的な喧嘩が始まりそうになっていますけど、放置していていいんですか？　止めなくていいんですか？

というか、気付こ？　気付いて。

……なんだろうか？

さっきからグレイブさんと優男は睨《にら》み合っているけどさ、今はその時じゃない気がする。

ねぇ、まずは喧嘩の仲裁をしようよ。

何で誰も気にしないの？　本当に見えているのが俺だけなの？

……ちょっと待って。

あれ？　……もしかして……彼等の声も届いてないのかな？

いやいや、嘘でしょ？　おもいっきり口喧嘩しているよ？

結構な声量で互いを罵《のの》り合っているよ？

それが聞こえてないと……。

え？　本当にこれ何なの？　なんで俺だけに見えて聞こえる存在が居るの？

俺が顎に手を当てて本気で考え込んでいると、グレイブさんが痺れを切らしたのか、双剣を抜いて吠えた。

「何だ！　さっきから黙り込んで！　かかってくるのか？　退くのか？　どっちなんだ！　先程までの威勢はどうした！」

「ちょ、ちょっと待てよ！　今どうしようか考えているんだから、焦らせないでくれ！」

優男が戸惑うように答え、それに反応して優男（黒）（白）の口喧嘩もヒートアップしていく。

グレイブさんも律義《りちぎ》に待つようだ。

もしかしたら、彼も南西の国から逃げてきた者かもしれないし、無闇な殺生はしないという事なのだろう。

……というか、ちょっと待って。

おや？　……もしかして？　これはアレかな？

優男（黒）（白）が口喧嘩しているから、優男が迷っているという事なのかな？

そう考えると、俺だけに見えている優男（黒）（白）は、人の心の中に住まうという悪魔と天使なのではないだろうか？

もしそうなら、何故俺だけに見えるのかという事になるが……。

ここに居る人達と俺の違いがあるとするならば……「神格化」スキルの影響だろうか？

俺がそう結論付けている内に、優男（黒）（白）の口喧嘩は殴り合いへと変わり、優男（白）が優男（黒）をボッコボコに殴り倒した。

空に向かって両手を掲げ、全身で喜びを表現する優男（白）の圧倒的な勝利で終わる。

……ちょっと待って。

優男（白）の方が圧倒的に強いという事は、もしかして、この優男は普段善人なんじゃないだろうか？

という事は、これはアレかな？

ちょっとビビらせれば、向こうから退くんじゃないだろうか？

そう考えた俺は、優男に向けて声をかける。

「……えっと。知っているかどうかわからないけど、今君と対峙しているのはSランク冒険者のグレイブさんだよ？」

そう言うと、優男は体をビクッと跳ねさせ、優男（白）と優男（黒）は、顔を見合わせて手を取り合って互いの考えが一致したのか頷き合う。

すると、優男は決意したかのように曲刀を鞘へと収め、俺達に向かって宣言した。

「……ど、どうやら、今日は日が悪い。俺に見逃された幸運を喜ぶんだな！　いいか、決して……そう、決してSランクにビビった訳じゃないからな！」

そう捨て台詞《ぜりふ》を吐いて、優男達は森の中へと一目散に消えていく。

というか、確実にビビって逃げたよね。

まぁ、挑んできても返り討ちに遭うだけだけど。

「……何だったんだ、アイツ」

グレイブさんが双剣を鞘へと収めながら呟く。

「まぁ……アレですね。白い方が勝った結果という訳ですね」

「白い方？」

「いえ、何でもないです」

そして俺達は、歩を進めて森を抜けた。

3

森を抜けた俺達は、レガニールの領土内へと辿り着いた。

街道を使っていないため、本当に辿り着いたかどうかはわからないが、マーラオがそう言うので間違いないだろう。

そして俺達はレガニールの首都近くにある穏健派の隠れ家に向けて進んでいくのだが、強硬派の獣人達に見つからないよう、その道程は身を隠しながら少しずつであった。

それでも予定よりは早く着くらしい。

身を隠していく理由としては、余計な被害を出さないためだ。

この国の獣人達は身内を攫われ、それを奪い返すための戦争を起こそうとしているだけで、言ってしまえば被害者である。

確かに、この国に入ってから妙にピリピリした空気は感じているが、普段はきっと平和で良い国なのだろう。

それに今は、穏健派と強硬派に分かれてはいるが、皆この国の民である事に変わりはないし、こちらから喧嘩を売ろうとは考えていない。

もちろん、襲われれば迎撃するし、言葉で解決しないのであれば、時には殴る事も必要だろう。

その辺の事は、マーラオも理解していた。

この国の中を進む前に、マーラオが俺達に向かって言ったのだ。

「……出来れば反撃しないで欲しいというのは、私の我儘《わがまま》である事は理解しています。ですが、出来れば被害は少なくしたくて……もちろん、お父様達を救う事で被害が出るかもしれないというのは、覚悟しています。ですが、だからといって、被害を抑える努力をしないのは違うと思うのですが……」

「いいや、その考えは間違ってないと思うぜ。俺達だって、無闇に獣人と敵対したいとは思ってないしな。そもそも、俺には獣人の奥さん達が居るんだぜ？　そんな事をしたら怒られちまう。……けどな、命が危なくなったら、迷わず戦うからな」

「はい。その時は、ご自分の命の方を大事にして頂いて構いません。そもそも、私はグレイブさんとワズさんに頼る他無いのですから」

という感じで、出来る限り獣人達に被害は出さない。

そう結論付けた俺達は、首都に向けてコソコソと進み、何事も起こらなかった——んだけど、どうにも気になる事が発生している。

この国の領内に入ってからというもの、常に視線を感じるのだ。

こちらを窺うような……監視するような……。

物は試しにと、気配察知をしてみる。

……うん、居るね。

俺達の後方から常に付いて来ている者達が居た。

付かず離れず、一定の距離を保っている。

どう思っても怪しい。

どう考えても怪しい。

危害を加えられた訳ではないが、気分は良くない。

メアルは物事に動じない豪胆さがあるために、俺の頭の上でのんびり眠っているが、グレイブさんとマーラオは、この事に気付いていないのだろうか？

そう思ってグレイブさんへと視線を向けると、グレイブさんは俺に向かって一つ頷く。

まるで、全てわかっているかのように。

さすがSランク冒険者である。

「ちょっと、この辺りで一旦休憩しないか？」

グレイブさんがそう声をかけ、俺とマーラオは足を止める。

当然のように、こちらを窺っている者達もその場で止まった。

「もう少しで穏健派の隠れ家に着きます。そこまで一気に向かいたいのですが？」

「いや、このまま向かうのは不味《まず》い」

「……不味いとは？」

マーラオが不思議そうな表情を浮かべる。

しかし、グレイブさんは俺に視線を向けてきた。

……ピーン！

グレイブさんが何を言いたいのかわかった。

「じゃ、行ってきます！」

「頼む」

俺は相手側に反応させないために、一気に駆ける。

目標は俺達を窺うように見ている者達。

近くにある木々を使って隠れていて、その数は六人で、全員が獣人だ。

突然俺が現れた事に驚きの表情を浮かべ、迎え撃とうとしてきたが、そんな隙は与えない。

速度はそのままで一発ずつ殴っていき、瞬く間に全員を昏倒《こんとう》させる。

もちろん、殺してはいない。気絶させただけだ。

グレイブさんと共に余計な被害は出さないと言ったしね。

昏倒した獣人六人を重ねるようにして抱え、グレイブさん達の下へと戻る。

しかし、相変わらずメアルに動じた様子は一切無い。

メアルはきっと大物になるだろう。

そして、戻ったところで気絶している獣人達を並べると、その面々を見たマーラオが動揺した。

「……どうやら、知っている連中のようだな？」

「……はい。城に仕える斥候《せっこう》で強硬派の面々です」

それだけ言って、マーラオは口を閉ざす。

「やはりか。このまま向かわなくて正解だったな」

「……一体いつから？　私の嗅覚でも察知出来なかったなんて……」

マーラオは、そう呟いてから強硬派の面々を確認していく。

「……なるほど。匂い消しを使っていたようです。……それにしても、よくわかりましたね？」

「まっ、俺達は匂いで確認している訳ではないからな。……といっても、最初はなんとなくで済ませて、気のせいだと思っていたんだが、さすがにずっと付いて来られていると違和感を覚えてな」

「そうだったのですか。……いえ、まずは感謝ですね。ありがとうございます。察知して頂いていなければ、このまま強硬派の面々を隠れ家まで連れていくところでした。本当にありがとうございます」

マーラオが俺達へと感謝の気持ちを伝えるように頭を下げる。

俺とグレイブさんは、いいよいいよ気にすんなと片手を上げて応え、マーラオに問う。

「それで、こいつらはどうするんだ？」

「そうですね……。隠れ家にここまで接近されていますし、放置する訳にはいきません。隠れ家まで連れていき、事態が解決するまで軟禁しておくのが妥当かと」

「まぁ、今はマーラオが俺達の雇い主みたいなもんだ。その意向に添うとしよう」

「ありがとうございます。……それで、何か縛る物は持っていないでしょうか？」

「あるよ」

俺はそう言って、メアルの時空間魔法の中に仕舞っておいた荷物の中から縄を出す。

念のためにオーセンで買っておいたのだ。

こんな直ぐに出番がくるとは思っていなかったが……。

強硬派の面々を縛り上げ、ここに連れて来た時と同様に重ねて運ぶ。

今回の出来事で、マーラオは周囲の確認を必要以上に行いながら進んでいった。

俺の気配察知に何も引っかからないから大丈夫だと思うけど、過信はいけない。

まぁ、襲われても軽く迎撃するけど。

そして、レガニールの首都近くにある小さな森の中へと入り、その中を進んでいく。

暫く進むと、岩に囲まれた行き止まりに辿り着くが、マーラオはその一角にあった枯れ木と落ち葉を払い、洞窟の入口を出現させた。

この洞窟が穏健派の隠れ家に繋がる入口なんだそうだ。

その洞窟の入口はかなり巧妙に隠されていて、そこにあるよと言われなければ気付かなかったかもしれない。

そうしてマーラオ先導で、グレイブさん、俺とメアル、そして捕虜の面々の順番で洞窟の中へと入っていく。

捕虜が最後なのは、目を覚まして反撃されても、俺がどうにかするつもりだからだ。

明かりは洞窟の入口に松明《たいまつ》が備え付けられており、マーラオが持って進んでいくのだが、洞窟の中は丁度人二人分程度の広さしかなく、念のためメアルは腕の中に抱えながら、捕虜達は引き摺りながらの移動である。

壁もきちんと固められているようだし、落盤の危険はなさそうだが……多分、俺のパンチ一発で崩壊するだろうし、気を付けないと……。

そうして進んでいく内に、洞窟の奥まで辿り着く。

しかし、そこは行き止まりであった。

どうするのかな？　と思っていると、マーラオが壁の一角をリズムを付けて叩く。

すると、壁に小さな穴がいくつか出来て、マーラオがその内の一つの中へ指を入れた。

一体何をしているのかわからず、少しの間そのままで居ると、突然壁が動き出し、人が通れそうな入口が現れ、そこから漏れる光が俺達を照らす。

おぉ！　仕掛け扉か。

「お帰りなさいませ、姫様。無事に戻られて安心致しました」

そう声をかけてきたのは、壁の入口から現れた犬耳の獣人で、鎧を身に纏い、その上からでもわかる程に体が鍛えられている。

顔には横一文字の大きな傷跡があった。

「バーロ。他の皆は無事ですか？」

「はい。まだここは見つかっておりませんので全員無事です。それで、北の勇者ハオスイ様の協力は得られたのでしょうか？」

「その事ですが、ハオちゃんは現在体調を崩されていて……」

「……そうですか」

「ですが、その代わりという訳ではなく、ハオちゃんからの推薦で協力者をお連れしました。ここに来るまでの間にも、強硬派の斥候を捕らえた強者《つわもの》ですよ」

「おぉ、それは！」

そこで会話が一旦終わったのか、マーラオが俺とグレイブさんを指し示し、犬耳の獣人もこちらの方へと視線を向ける。

「ワズ様とグレイブ様です」

メアルも居るよ。

抗議するメアルを宥《なだ》めつつ、マーラオが犬耳の獣人へと俺達を紹介し終わるのを待つ。

俺達の事を聞き終わった犬耳の獣人は、嬉しそうな表情を浮かべた。

「斥候とはいえ六人もの人数を一瞬の内に無力化するとは！　そのような強者が味方してくれる事、大変嬉しく思う。自分は『バーロ』と申す。元は王城で近衛兵長をやっていたのだが、強硬派に乗っ取られたために辞職した身だ。今は数少ない穏健派を纏めさせて貰っている。今回の協力、誠に感謝致す」

犬耳の獣人――バーロさんから差し出された手に、俺とグレイブさんが応じる。

「その後ろに居る者達が強硬派の斥候ですか？　……おい」

バーロさんの呼びかけに応え、壁の入口から鎧姿の獣人が三人現れた。

「この者達を牢屋へ。……此度《こたび》の件が終われば敵味方もなくなるかもしれん。くれぐれも手荒な事はしないように」

「「はっ！」」

鎧姿の獣人達は、バーロさんの言葉に敬礼して答え、そのまま強硬派の斥候達を連れていった。

それを見届けたバーロさんが、再び俺達の方へと視線を向ける。

「さて、姫様も皆様もお疲れでしょう。少々粗雑な場所ではありますが、中でお寛ぎ下さい」

そして俺達は、バーロさんと共に壁の入口から中へと入っていく。

少し進むと、その先にはランプで照らされている地下室があり、そこには二人の獣人が居た。

一人は犬耳の女性で、もう一人は猿耳の男性だ。

その二人は、マーラオとの再会を喜んだ後、こちらへと視線を向けてきたが、そこで犬耳の女性の動きが止まる。

その表情には驚きとがあり、信じられないものでも見るような目でこちらを見ていた。

……ん？　犬耳の人に知り合いは居ないし……。

これは……もしや？

「……イウラ。……無事で良かった」

そんな呟きが隣から聞こえてくる。

俺の隣に居るのは、もちろんグレイブさんだ。

隣へと視線を向けると、そこには涙を流しているグレイブさんが居た。

反応から考えると、犬耳の女性はグレイブさんの奥さんの一人なのだろう。

そんな名前だったような覚えもあるし。

その証拠に、犬耳の女性の方へと視線を戻すと、グレイブさんと同じように涙を流していた。

「……グレイブ。……会いたかった」

そしてグレイブさんと犬耳の女性——イウラさんは、俺達の見ている前で、互いの無事を喜ぶように抱き合う。

良かった。……本当に良かったですね、グレイブさん。

そんな様子を眺めながら、俺はマーラオ達の方へと近付いて、先程の事で気になった事を尋ねる。

「マーラオ。さっき壁の穴の中に指を入れていたけど、あれってどういう事？」

「あぁ、アレはですね、私の匂いを確認していたのです」

「……匂い？」

何それ？　ちょっと危ない響きにドキドキしちゃうよ？

「私達獣人は嗅覚が優れているので、下手に合言葉を決めて確認するよりも、ずっと確実な方法なのです。壁に出来た他の穴は、こちらの様子を確認していたのですよ」

ほぉん。なるほど。

確かに、獣人にしか出来ない確認方法だな。

合言葉なら知っていれば誰でも言えるけど、それに本人の匂いが加わるのであれば、安全性は確かに増すだろう。

俺はうんうんと納得してから、バーロさんへと話しかける。

「それで、現状はどうなっているのでしょうか？　穏健派の王族達が捕らえられている場所の目星はついているのですか？」

そう尋ねると、バーロさんは苦々しい表情を浮かべる。

「……状況は、はっきり言えば良くない。王様達の居場所は判明したのだが、残された時間は少ないだろう。強硬派の戦争準備はもうすぐ完了する。どうにかそれまでに王様達をお救いしなければ……」

どうやら、事態はかなり切羽詰まっているようである。

しかし、このまま狭い地下室で話し合うのもなんなので、続きは上で話す事になった。

地下室を出て、階段を上がっていくと、そこは普通の家屋の中である。

マーラオが言うには、ここは既に首都の中なのだそうだ。

そのまま案内に従って進み、リビングへと招かれる。

空いているソファーへと腰掛け、メアルは既に俺の腕の中でお寝んね中だ。

その間も、グレイブさんとイウラさんは腕を組んでイチャつきっぱなしである。

……いいなぁ。羨ましいなぁ。

……大丈夫。俺にはメアルが居るから！　と、寝ているメアルの頭を優しく撫でる。

そうしてメアルを撫でつつリビングを眺めていると、目の前にあるテーブルへと紅茶が運ばれてきた。

紅茶を運んできた人は牛耳の獣人さんで、メイド服を身に纏っている。

けれど、俺の視線はある一部に釘付けだ。

……ものすっごい爆乳である。

思わず口を開けて見てしまう程の爆乳だ。

そこをじっと見ている自分に気付き、バッと視線を逸《そ》らすと、牛耳の獣人さんと目が合ってしまい、微笑みを向けられる。

……は、恥ずかしい。

顔を赤くして更に視線を逸らすと、この部屋の中にもう一人獣人が居る事に気付く。

鳥の獣人で、壁に背を預けて腕を組み、目を瞑《つむ》っているが、その佇まいは武人のようだ。

組んでいる腕の中には槍が収まっている。

……うん。きっと槍の名手なのだろう。

というか、グレイブさんとイウラさんは、いい加減現実に返ってこようか。

視界の端で、ちらちらとイチャつきが見えるので、気になって仕方ない。

ここには他にも人が居るんですよ。

会えて嬉しいのはわかります。それはもう、きっともの凄く嬉しいのでしょう。

ですが、お願いします。そろそろやめましょ？　ねっ？

じゃないと、強制的に止めますよ？

そう。別に羨ましくて止める訳じゃないんです。

えぇぇ、別に妬《ねた》んでなんていませんから……。

俺が不敵な笑みを浮かべていると、マーラオと、地下室に居た猿耳の獣人さんが一緒にリビングの中へと入って来た。

マーラオは、俺と対面するような位置にあるソファーへと座り、それを確認したバーロさんが、ここに居る人達に向けて言葉を発する。

「これで全員揃ったな」

「……全員？」

バーロさんの言葉に思わず返してしまった。

いや、だって……。

え？　全員？

「この場に居る、主要な者がという意味だよ。穏健派の者は、もちろん他にも居る。地下の牢を見張っている者だって居るし、穏健派の大多数は別の所で待機しているよ」

あぁ、なるほど。そういう意味だったのか。

確かに、普通に考えれば、こんな少ない人数の訳がない。

「ワズが場を和ませたところで悪いが、穏健派の今の状況をきちんと聞いておきたいんだが？」

グレイブさんが、真面目な表情を浮かべてバーロさんへと問いかける。

あれ？　いつの間に？　イチャつきはもういいんですか？

というか、いつの間に終わっていたの？

さっきまで、思いっきりイチャついてたやん。

あれ？　あれ？　何これ？

グレイブさんから、出来る大人の雰囲気を感じる。

くっ……。大人って……。大人って……。

いや、俺も既に成人していたわ。

「そうだな。まずは協力してくれる君達に、改めて自己紹介をしておこう。先程も言ったように、自分は元近衛兵長のバーロだ。そして、犬の獣人である彼女はイウラだが……まぁ、言わなくてもわかっているか」

はいはい！　グレイブさんの奥さんの一人であるという事しかわかりません。

それしか、わかりません。

後でグレイブさんに紹介して貰えるんだろうか……。

「でだ。猿の獣人がグンキで、鳥の獣人はラウだ。共に自分の元部下で、頼りになる奴等だ。それと、牛の獣人は王城でメイドをしていたリノだ。これから宜しく頼む」

「グレイブだ。イウラの夫で、Sランク冒険者だから、期待してくれてもいいぜ」

「ワズです。Cランク冒険者で、この子はメアルです」

「キュイィ～……スピ～……」

メアルが寝息で応える。

けれど、やはり獣人さん達の注目を集めるのはグレイブさんである。

何と言っても、Sランク。

その強さが証明されているようなモノだし、もちろん頼りにもなる。

片や、Cランク冒険者である俺。

言ってしまえば普通。容姿も普通。

メアル以外に目立つ要素は一切無し。

獣人さん達も、俺に一礼はしてくれるのだが、グレイブさんには熱烈な歓迎ムードである。

……俺の方が強いんだからね！

歓迎の挨拶が済むと、バーロさんが咳払いをして場を静め、話を続ける。

「それで、今の自分達の状況だが、はっきり言えば良くない。強硬派に捕らえられているのは、ギオ王を筆頭に穏健派の有力者達二十名程で、穏健派は現在指揮系統が乱れているのだ。纏まった動きが出来ず、各個で挑んでも強硬派の方が人数も戦力も上のため、潰されて終わっている」

バーロさんが悲痛な表情を浮かべながら話す。

思っているよりも、ギリギリのようだ。

まぁ、だからこそハオスイに協力を求めたのだろう。

確かにハオスイのステータスを考えれば、この状況でもどうにか出来るかもしれない。

蹂躙《じゅうりん》という名の行動で……。

俺も出来るけど。

ただ、それも捕らえられている人達が居なければの話である。

まずは、捕らえられている穏健派の人達を助け出す事から始めるつもりなのだろう。

グレイブさんも、その辺りの事は理解しているので、話の続きを促していた。

……あれ？　えっとぉ……。

いつの間にかグレイブさん主導になっていませんか？

ハオスイに頼まれたのは俺ですよね？

……まぁ、いいか。楽だし。

「なるほどな。それで、捕らえられている人達の居場所はわかっているのか？」

「あぁ。その点は問題無い。現在、王城の地下牢に全員居る事がわかっている」

「なら、まずはその人達を救い出すところからか？」

「その通りだ。そして、戦争準備完了までの時間も少ない。なので、明日の夜にでも王城に忍び込もうと考えている。それに、グレイブとワズも同行して欲しい」

「わかりました」

「あぁ、構わないぜ」

俺とグレイブさんが了承すると、マーラオが勢いよく立ち上がる。

「王城の地下牢なら、その道案内は任せて下さい！　人目に付かないように連れて行きますから！」

そう言って、マーラオは自分の胸をトンと叩く。

だが、そんなマーラオの行動を見たバーロさんは頭を抱えた。

「いえ、姫様にはここに残って頂きます。地下牢へは、私と協力者の二人でいくつもりですので」

「なんでですか！　私だって、お父様達を助けに行きたいのに！」

「駄目です。危険過ぎます。姫様は自分達穏健派に残された最後の希望なのですから、万が一があってはなりません。御理解下さい」

そう告げて、バーロさんはマーラオに向かって深々と頭を下げる。

対するマーラオは、顔を真っ赤にして体をぷるぷると震わせていたのだが、大きく息を吐いて、気持ちを落ち着かせた。

「……わかりました。ここで待っています。……ですが、必ず助け出して下さい」

「…………お任せ下さい」

マーラオとバーロさんのやり取りが終わるのと同時に、この場は一度解散になった。

ただ、獣人の嗅覚は侮れないので、俺とグレイブさんは明日の夜までこの家から出る事を禁じられる。

バーロさんが言うには、首都にはもう獣人しか居らず、人族の匂いが察知されるだけでも危険なのだそうだ。

そして、俺とグレイブさんは、それぞれ宛がわれた部屋へと向かうのだが、やはりグレイブさんとイウラさんは同室である。

……淋しい。

折角、獣人の国レガニールの首都に居るのに、その街中にも出られず、隠れ家にずっと居るのだ。

……正直言って、やる事が全然無い。

この家に居る獣人さん達は、これからの行動のために大忙しだし、グレイブさんは……まぁ、言わなくてもわかるだろう。

なので、俺は思う存分メアルを構った。

久し振りにメアルだけと過ごす時間は至福で、もうこのままでもいいいんじゃないかと思える程だ。

ハーレム？　何それ？

俺にはメアルが居るだけで充分である。

あぁ、可愛い。

メアル可愛い。

なんて可愛いんだ。

円《つぶ》らな瞳に、まん丸なフォルム。

その全てが、俺の心を捕らえて放さない。

俺とメアルは思う存分遊び、そのまま抱き締め合いながら行動開始の時間まで眠りに就いた。


「……ハオちゃん。……本当に、この人に頼って良いのでしょうか」

「……申し訳ない」

……寝過ごしてしまった。

本気で寝てしまったのである。

しかも、マーラオに起こされるという始末。

行動開始時刻は覚えていたんだよ？　本当だよ？

まぁ、それを寝過ごしていたら意味が無いけど……。

本当に申し訳ない。

俺は恥ずかしさのあまり、両手で顔を覆った……。

4

既に日は落ちて、真夜中になろうという頃。

俺とグレイブさん、バーロさんは隠れ家の玄関で最終確認をしていた。

といっても、特に持っていく物がない俺は突っ立っているだけだけど。

メアルはマーラオの腕の中に居て、王城の中で何が起こるかわからないために連れていかない事にした。

ただ、念のためにいざという時は、ちゃんと逃げろよと伝えておく。

グレイブさんとバーロさんの支度が終わるのを待っていると、牛の獣人であるリノさんに声をかけられた。

「ワズ様、少しの間動かないで下さいね」

「はい？」

そう答えると、リノさんは俺の頭上から、透明な瓶の中に入っている白い粉末を振り撒く。

「何なんですか？　これ？」

一応、体をパンパン叩いたり、手を握ったりして体の調子を確認するが、特に異常は見られない。

「消臭剤です。獣人は匂いに敏感ですからね。嗅覚を頼りにもしていますし、強硬派の人達に見つからないように匂いを消しているんですよ。消臭剤の効果は三十分程なので、これは追加分です。効果が切れる前に使って下さいね」

「なるほど。わかりました」

リノさんから、消臭剤の瓶がいくつも入った袋を受け取る。

ガチャガチャと音が鳴らないように、一本一本が布に包まれていた。

まぁ、このくらいなら荷物にもならないが、失くすと困る物なので、しっかりと袋を握っておく。

そして、周囲へと視線を向けると、グレイブさんはイウラさんに、バーロさんは猿の獣人であるグンキさんに、消臭剤を振り撒かれていた。

「気を付けてね、グレイブ」

「あぁ。リットとプティも必ず助けて、共にお前の所へと帰って来るよ」

「……約束よ？」

「俺が奥さんとの約束を破った事があったか？」

イウラさんが微笑みを浮かべる。

一方、バーロさんとグンキさんの方はというと。

「バーロさん。お気を付けて」

「……あぁ」

簡単に済ませていた。

……なんだろう。この両極端な光景は。

本人達は気にしていないだろうけど、見ているこっちは胸が締め付けられる。

俺の相手をしてくれたのが、リノさんで本当に良かったと思う。

そして、準備を終えた俺達は行動を開始する。

隠れ家から王城まではそれ程離れてはいなかったのだが、強硬派の人達に見つからないように移動しなければならないため、それなりに時間はかかった。

更に、王城の真正面から入る訳にもいかず、裏手に回ってからなので、もっと時間はかかる。

その間に消臭剤の効果も切れそうになったので、バーロさんの指示で頭から振り撒く。

普通、城には外敵からの侵入を防ぐための城壁が存在している。

もちろん、この国の王城にも普通に城壁があり、裏手に回ろうが抜け穴なんて無く、その城壁の上には見張りの兵が巡回しており、俺達は近くにあった林の中に身を潜ませた。

正直言えば、このぐらいの壁なら一発で壊せるのだが、それをやってしまうと潜入する意味が無い。

では、これからどうするつもりなのかを、バーロさんに尋ねる。

「それで、これからどうするんですか?」

「まぁ待ってくれ。王城の中にも、まだ穏健派は存在している。朝の内に渡りを付けておいたのだ」

その言葉が終わるのと同時に、城壁の上から縄梯子が投げ下ろされた。

そのような行動を取った人物は、そのまま見回りへと戻っていく。

姿が見えなくなると同時に、俺達は即座に飛び出し、縄梯子《なわばしご》を登って城内へと侵入した。

元近衛兵長であるバーロさんの案内の下、ぐんぐん進んでいく。

途中、見回りの兵士達に何度か遭遇したのだが、バーロさんの的確な指示と、消臭剤で匂いを消していたおかげで見つからずに済んだ。

そうやって少しずつ進み、地下牢を目指す。

何というか、呆気《あっけ》ない。

手応えが無いというべきか。

これ……俺とグレイブさん必要だった？　多分必要無いよね？

この国に向かう時は、もっとこう……力技で解決するもんだと思っていたんだけど。

それはもう、俺対強硬派全員ぐらいの気持ちを持っていた。

まぁ、それでも負けないと思うけど。

そんな考えを持ってしまうぐらい俺達は何の障害も無く、先に進んでいった。

そうして俺達は、バーロさんの先導である部屋の前に辿り着く。

「……あれ？　地下牢じゃないの？」

思わず呟いてしまう。

いやだって、行き先は地下牢でしょ？

その問いにバーロさんが答えてくれた。

「他の穏健派の皆様は地下牢なのだが、ギオ王はこの部屋で軟禁されているのだ。まずは、ギオ王を救出する。一気に部屋の中へと突入するぞ」

何故だかはわからない。

特に理由も無いけれど、バーロさんのその言葉に嫌な予感がした。

ここまで来るのが簡単だった事も不思議だ。

何故ここで、その存在を示すように突入しなければならないのか？

王様が軟禁されている部屋だというのに、どうして見張りが立っていないのか？

改めて考えてみれば、おかしな事ばかりだ。

グレイブさんも同じ考えに至ったのだろう。

嫌そうな表情を浮かべている。

俺達はバーロさんへとそのあたりの事を問おうとしたのだが、その前に部屋の中へと突入されてしまった。

その行動を疑問に思いつつも、俺とグレイブさんも続いて部屋の中へと入る。

部屋の中は、真っ暗闇で何も見えない。

本当にこんな所に王様が居るのだろうか？

とてもではないが、信じられない。

グレイブさんとバーロさんの気配とは別に、何者かの気配を感じる。

その気配に気を取られていた瞬間、後ろからガチャリと甲高い音が響く。

聞こえた音の方へと視線を向けると、不意に室内が明るくなり、一瞬視界が光で染まる。

明るさに慣れた視界で確認すると、俺とグレイブさんは鉄の檻の中に居た。

そして、その鉄格子越しに居たのは、悲痛な表情を浮かべるバーロさんと、その横には屈強な体つきをしている金色の猫耳を持つ獣人が不敵な笑みを浮かべている。

どうやら、俺とグレイブさんは罠に嵌められたようだ。

他ならぬ味方と思っていたバーロさんの手によって……。

「……すまない」

バーロさんが呟いたその一言は、自分がやった事であると証明していた。

まぁ、檻の外に居る時点でわかっていたけど。

だが、それも今はどうでもいい。

俺の視線はバーロさんの横にいる金猫耳の獣人へと向いている。

……やっぱりか。

俺が納得しているとグレイブさんが双剣を抜き、檻に向かって振り下ろすが、甲高い音と共に弾かれた。

檻には傷一つ付いておらず、むしろグレイブさんの双剣の方が少し欠けてしまう。

グレイブさんは双剣の欠けた部分を眺めて溜息を吐いた。

「……ふぅ。どうやら、只《ただ》の鉄製って訳ではなさそうだな」

その言葉を聞いて、俺も確認する。

檻をコンコンと叩いて確認するが、その感触だけで言えば、確かに鉄だけで出来ているようには思えなかった。

それでも、簡単に破壊は出来そうなんだけど……今はしないでおく。

ちょっと様子見だ。

『グハハッ！　無駄だ無駄だ！　ひ弱な人族で破れる檻では無い！　その檻は、我々誇り高い獣人でも破れぬように改良されている、特別製なのだからな！』

そう言ったのは、俺が視線を向けていた金猫耳の獣人。

金色の短髪に金色の猫耳の、野性味溢れる顔立ちに、金色の体毛に覆われた屈強な体つき。

だが、その目は黒く赤い。

そして、体毛に覆われていない部分を見てみれば、ひび割れているような線が浮かんでいる。

間違いなく赤玉を飲んだ後の状態だ。

マーラオが国の現状を話した時に、強硬派の一番上に居る人物が突然人が変わったような性格になったと言っていた。

その事を聞いた時に、もしや？　と思ったが、それが間違いでなかったという事だろう。

つまり、今目の前に居る人物こそが強硬派の一番上。

……確か、デイズって名前だったな。

「……なるほど。あんたがデイズだな？」

グレイブさんが確かめるように問う。

以前赤玉の事と、飲むとどういう風貌に変わるかを教えていたので、ピンときたのだろう。

しかし、問われたデイズは怒りを顕《あら》わにしてこちらを睨んできた。

『汚らしい人族如きが、易々と我が名を口にするなっ！』

デイズの筋肉が大きく膨れ上がり、その怒れる咆哮《ほうこう》に対して、俺の目が勝手に反応する。

視界に映るのはデイズの周りに漂う魔力。

赤黒い魔力がぐるぐると渦巻いていた。

……うん。魔力も食べられるようになったけど、ごめん被《こうむ》りたい。

もの凄く不味そう。

いや、スキルの影響で不味いモノ程、美味しく感じるんだっけ？

……それでも嫌だな。

デイズは、大きく呼吸を繰り返し、怒りを発散させていく。

俺とグレイブさんは、突然の激昂《げきこう》に驚いていたのだが、そんなデイズへとバーロさんが声をかけた。

「……もう行きましょう。デイズ様」

『ふぅ～……ふぅ～……。いいだろう。所詮、この人族共の命は明日までなのだからな』

「どういう事だっ！」

不穏な言葉に対して、グレイブさんが苛立ちの声を上げる。

『なんだ？　まだ教えてなかったのか？　バーロ』

「……」

『ふんっ！　たかが人族に対して何を気にしているのか知らんが、運命は変わらん。明日、我々は南の国に対して侵攻を開始する。その前の景気付けに、お前達は全兵士の前で公開処刑されるのだ。光栄に思えよ！　お前達の血でもって、戦争開始を告げるのだ！』

いや、俺とグレイブさんは、ここから南の国と一切関係無いし……。

そう言っても、最早《もはや》関係無いんだろうな。

既に戦争開始の準備は終わっているようだし、攻め入るのは時間の問題だったのだろう。

しかし、公開処刑ときたか……。

……う～ん。殺せるものなら、殺してみろと言いたい。

明日までの命と言われても特に気にする事なく、余裕の表情で居ると、バーロさんが俺達に向けて頭を下げてきた。

「……弁明するつもりは無い。……自分は、守るべき方々を守るだけ。そのためならば、どれ程非情な手段だろうと、やってみせる」

「守るべき方々？　……マーラオや王様達ですか？」

「そうだ」

「それで、俺達を犠牲にするんですか？」

「そうだ」

「……う～ん。マーラオは、この事を知っているんですか？」

「姫様は関係無い。これは、自分の独断だ」

……ふ～ん。

まぁ、嘘では無いのだろう。

マーラオとは短い付き合いであったが、裏表を使い分ける事が出来る程器用な子には見えない。

それに、本来ならハオスイがこの状況に陥っていたのだろうし、マーラオが友達であるハオスイを罠にかけるとは思えないし。

まぁ、マーラオの事は信じるとして、暴れる前にもう少し情報が欲しいな。

具体的には穏健派の人達の正確な居場所なんかを……。

それか、穏健派の人達が近くに……せめて目視出来る距離に居てくれれば、俺の力技でどうにでも出来るのだが……。

もう少し会話を続けるか。

「……何故、俺達を犠牲にする事が守る事になるんですか？」

「デイズ様は自分達の動向を既に知っておられたのだ。協力者を呼ぶ事も、穏健派の方々を救うために動く事も……。そして、お二人が隠れ家に到着する前に自分はデイズ様の下へと連れ去られ、言われたのだ。協力者の命を差し出せば、穏健派の方々全ての命は取らないと……」

『ふっ。そんな事当たり前だろう。我とて同族を無闇に殺したくはないのだ。血を流すのは、人族共だけで充分である』

デイズが、勝ち誇った笑みを向けてくる。

なるほど。要は交換条件という事か。

しかも、俺達が到着する前に話が決まっていたとは……。

この国に入ってから現れた監視者達が俺達を襲って来なかったり、王城の中を妙にすんなり通れたりと、こうなる事が予定調和という訳だったのか。

ほんと好き放題やってくれちゃって。

バーロさんも、俺達への後ろ暗さから素直に話してくれているのだろう。

ついでに、もう一つ確認しておくか。

「……今、マーラオ達の方は？」

「……今はギオ王と再会しているはずだ。もちろん、イウラ達も無事である。危害は一切加えられていない」

「俺達を嵌めたお前の言葉を信じろと！」

「……既に捕まっている訳ですね」

「戦争は回避出来ないが、命は繋がった」

『グハハッ！　安心しろ。公開処刑の時に連れてきてやろう。目の前でお前達が死ぬところを見れば、話し合いで決着を付けようなどという、生温《なまぬる》い思考でいた結果がどうなるかがわかるだろう』

それだけ告げると、デイズとバーロさんはこの部屋から出ていった。

まぁ、必要な事は聞けたし、ここから退場されても問題無い。

寧ろ、明日がチャンスという事だな。

俺がうんうんと頷いていると、グレイブさんが頭を掻きながら話しかけてきた。

「……あ〜あ、まさかこんな事になるとはな。……どうする？　ワズ」

「あれ？　そう言う割には余裕がありますね？　明日処刑されるっていうのに」

「まぁ、冒険者なんて稼業は、いつでも死ぬ覚悟は出来ているもんだ。もちろん、奥さん達を残してなんて許容出来ないから、悪足掻《わるあが》きはさせて貰うつもりだが……。そういうワズも余裕そうじゃないか？」

「そもそも死ぬつもりは無いですし。それに、向こうから穏健派の人達を俺達の前に連れてきてくれるというので、大人しくしていようかなと。はっきり言って、脱出自体は問題無いですからね」

そう言って俺は鉄格子へと近付き、力任せに曲げてから元に戻す。

その様子にグレイブさんは目を見開いて驚き、パチパチと拍手を送ってくれた。

ども。ども。

「なら、明日の行動のために、今日はもう寝るか」

「そうですね」

グレイブさんは、ゴロンと横になると直ぐに寝入った。

……寝付きいいな、この人。

俺もグレイブさんに倣《なら》って横になる。

う〜ん……。明日のその時まで暇だな。

……。

……。
……メアルを抱き締めながら寝たい。
それに、部屋の明かりが付けっ放しで寝辛《づら》いな。
仕方ない。ギルドカードでも見て、時間を潰すか。
懐からごそごそとギルドカードを出して確認する。

名前：ワズ　　種族：人族（51％……もう諦めれば？）年齢：十七歳
ＨＰ：最早数値化出来ません　　ＭＰ：今は無し
ＳＴＲ：我が一撃で星は粉々　　ＶＩＴ：神剣でも斬れません
ＩＮＴ：魔法は使えません。今は　　ＭＮＤ：無意味
ＡＧＩ：瞬間移動　　ＤＥＸ：迂闊に物作りをしないように

スキル
「剣術」Ｌｖ：２　　「格闘術」Ｌｖ：８
「気配察知」Ｌｖ：Ｍａｘ　　「危機感知」Ｌｖ：５
「真・極食人」（固有）　　「状態異常ほぼ無効」
「神格化」（固有）現在使用不可　　「固有魔法：神」（固有）現在使用不可
「海女神はダイヤの10で止めている」（固有）

「戦女神はスペードの3で止めている」（固有）
「大地母神はクラブの6で止めている」（固有）
「女神はハートの8で止めている」（固有）

ｂｙ　女神　大地母神　戦女神　海女神

……ん？　何か、ステータスの文面が微妙に変わっているような。
種族の部分が、もう諦めれば？　って……何を諦めろというのか。
いやいや、諦めないよ。諦めないからね。
俺は人族のままでい……られるのかなぁ……。
後は、ＡＧＩが更新されている。
えっと……瞬間移動？　何それ？　そのまんまの意味なのだろうか？
ここで試す訳にもいかないし、これは後で検証しておこう。
……問題は、いつもどこでもスキルだな。
大体変わってはいないけど、「状態異常ほぼ無効」はいつまでこのままなのだろうか？
いい加減「ほぼ」の部分が無くなって欲しい。
今度ハオスイに聞いてみようかな。
それと「神格化」の方も、どうすれば発動するのか、いまいちわからない。

やはり、命の危機なのだろうか？　気が進まないけど問題神達にそれとなく聞いておこうかな。

けれど、そこまで積極的になりたいとは思わない。

そこまでの危機に陥るとは思えないけど、切り札は持っておきたい程度だ。

なんか「神格化」すると、種族％がもの凄く下がりそうだし……。

けどまぁ、このあたりはいつも通りだし、そこまで気にしても仕方ない。

問題は、いつも女神様達の方だ。

俺は、ふぅ……と息を吐いて、気持ちを落ち着かせてから確認する。


「海女神はダイヤの10で止めている」

ふふ……。ここで私が止めている限り、続きが出せないでしょう。

さぁ、観念してパスしなさい。し続けなさい。

そして、勝つのは私。ワズさんの心と体を手に入れるのも私。

……ふふ……ふふふ。


「戦女神はスペードの3で止めている」

へっ！　まだまだ私の手札には余裕があるぜ！

このまま出し続けて、他の奴等がパスし続ければ勝ちだ。

勝つのは私！　ワズと存分に付き合うのも私だ！

「大地母神はクラブの6で止めている」

……くふ。……くふふ。

どうやら、勝機は私に傾いているようですね。

やはりこれも、ワズ様への強い愛が為せる運命。

勝利するのは私です。ワズ様の罵倒を一身に受けるのも私です。


「女神はハートの8で止めている」

ふふふ……。どうやら、皆気付いていないようですね。

……そう。私の手札にはハートの8以降の数字が全て揃っているという事に。

これなら確実に勝てる。勝つのは私。七並べの勝利者は私。

ワズさんの寵愛を受けるのは、私なのです！


……何やってんの？　この女神様達は。

七並べっていうのがよくわからないけど、何となく遊んでいるような気がする。

勝敗が決まるという事は、何かの勝負をしているのはわかるのだが、それは今しなければならない事なのだろうか？

今、俺とグレイブさんは捕まっているのに、本当に何やってんの？

ちょっと抗議の念でもしてやろうか？　と考えたが、女神様達の文面からは、何やら真剣な感じを受けるし、邪魔をするのはやめておこう。

決して、触れない方が良いとかは思ってませんよ？

ただ、この場は放置しておいた方が良いんじゃないかと思っただけで。

何となくだけど、女神様達はフロイドと一緒な気がする。

……関わると碌《ろく》な事にならない部分がそっくりだ。

俺は、何も見なかった事にし、ギルドカードをそっと仕舞う。

それで緊張感が解けたというか一気に脱力して、そのまま眠った……。

5

翌朝、目が覚めると、変わらず檻の中に居る事が確認出来た。

寝ている間に移動とかはされていないようだが、一つ困った事がある。

……時間がわからない。

地下にある部屋の中の檻な訳だから、当然陽の光が届く訳もないのだ。

体感的には朝だと思うんだけど……確認のしようがない。

既にグレイブさんは起きていて、俺が体を起こすと軽く手を上げて、朝の挨拶をしてくれた。

「よっ！　おはようさん！」

「おはようございます。……もう朝？　で良いんですかね？」

「ん～……。だと思うんだが」

まぁ、このまま考えていてもわからないので、俺達は屈伸したり、体を伸ばし合ったりと軽く運動をして、いつでも動き出せるように調子を整えていく。

すると、この部屋の扉が勢いよく開かれた。

そこから現れたのは、完全武装の獣人が四人。

その内の二人が、手に鉄の塊とでも表現するのが正しいような、大きくて分厚い手錠を持ち、その手錠を鉄格子の隙間から放り込んできた。

「手錠を嵌めろ。抵抗すれば、穏健派の命は無いと思え」

それだけ告げると、完全武装の四人は観察するようにこちらを見てくる。

俺とグレイブさんは顔を見合わせ、溜息を吐いてお互いに手錠を嵌め合う。

手錠を嵌めている俺達の姿を確認すると檻を開けて、出るように促してきた。

その指示に大人しく従って檻から出ると、逃げられないように取り囲んできて、このまま公開処刑の場まで連れていかれるようだ。

地下から出て、王城から出て、用意された馬車に乗って移動する。

鉄格子を嵌められた窓から見える首都の風景は、少し不気味だった。

街並みや造りは人族が暮らす街とそう大差は無い。

しかし、賑わいが無く、普段ならそこに居るはずであろう大人の獣人達の姿を見る事が出来ないのだ。

首都の中には、女性や子供、年老いた者しか居なかった。

それはつまり、戦える年齢の男性獣人はその全てが戦争に参加しているという事になる。

一体どれ程の人数が戦争に参加しているのか、見当も付かない。

だが、その答えは程なくして目に映る。

馬車が首都を出て、辿り着いた先は広大な草原。

その草原を埋め尽くしているんじゃないかと思える程の、大人数の獣人達が完全武装で隊列を組んでいた。

その隊列の中を、馬車は通り抜けていく。

すれ違う獣人達からは強い敵意が感じられ、その目に憎しみを宿らせている者も居た。

そんな視線を向けられる中、馬車は隊列の先頭に着くと止まる。

馬車の扉が開かれ、外では俺達に向けて槍の穂先を向けている獣人が何人も居た。

「出ろ！」

大人しく指示に従って外に出ると、所々から俺達に向けて罵声が飛んでくる。

「殺せ！　殺せ！」

「殺せ！　人族は殺せ！」

「血を見せろ！　汚れている人族の血を！」

その罵声は隊列を組んでいる獣人達全員に広がり、強い憎しみをぶつけられる。

ぶつけられる方としては、堪《たま》ったもんじゃない。

『……静まれ』

決して大きくはない声なのに、その言葉が発せられると何事も無かったかのようにこの場が静まる。

その言葉が聞こえた方へと視線を向ければ、そこには動きを阻害しない程度の黒い鎧を身に纏い、血の色のような赤いマントを羽織《はお》ったデイズが居た。

出会った時と同じように不敵な笑みを浮かべ、その目には怒りが宿っている。

槍を持つ獣人達に誘導されて、俺達はデイズの前へと移動させられた。

『……来たな。愚かな人族共め。……その顔つき、どうやら死ぬ覚悟は出来ているようだな。喜べ！　これだけ多くの者が、お前達の死を望み、その流れる血によって猛《たけ》るのだ！』

デイズが片手を上げてそう宣言すると、隊列を組んでいる後方の獣人達がそれに呼応する。

俺達に向かって罵詈《ばり》雑言《ぞうごん》を飛ばし、少しの間それを浴びさせると、デイズは上げていた手を下ろす。

すると、後方の獣人達は沈黙した。

『さて。……我はきちんと約束は守る男だ』

そう言って、デイズは近くにある大型のテントを指し示し、そちらの方へと視線を向けると同時に、テントの布が取り払われた。

そこに居たのは、巨大な檻の中に入れられた二十人程の獣人達。

俺達のように手錠を嵌められ、中には見知った顔が何人か居た。

マーラオと隠れ家で出会った獣人達、それとバーロさんも居る。

どうやら、彼等が捕らえられた穏健派の人達なんだろう。

バーロさんの左頬には、殴られた痕《あと》がある。

マーラオがやったのかな？

とりあえず、全員無事なようでほっとしていると、俺達の姿を見たマーラオが泣きそうな表情を浮かべた。

「ごめんなさい！　ごめんなさい！　こんな事になって、本当にごめんなさい！」

……う～ん。謝罪の言葉は特に要らないんだけど。

別に死ぬつもりは一切無いし、このまま終わる気も一切無い。

そんな事より、マーラオには一つ尋ねておかないと。

「謝る必要は無いよ。それより、メアルはどうした？」

そう。檻の中にメアルの姿が無いのだ。

もしも、既に殺されているとかだったら――。

……この場に居る全員皆殺しにしてやる。

俺の放つ殺気が、辺り一面を覆い尽くす。

マーラオ達は怯《おび》えた表情を浮かべるが、グレイブさんは口笛を鳴らし、デイズはそのままだ。

「……メ、メアルなら、捕まる前に逃がしておきました！」

あっそ。

マーラオの言葉に、俺は殺気を引っ込める。

空を見上げれば、小さな影が飛んでいる事に気付く。

多分メアルだな。

もう少しそこに居てね。

「……本当に申し訳ない。私達を救い出そうと協力をしてくれたのに、このような事になるとは。……如何様《いかよう》にも恨んでくれて構わない」

檻の中から、頭を下げてそう言う獣人が居た。

捕まっている者達の中で、最も体格が良く、獅子のような耳と顔つきの獣人。

質の良さそうな衣服を身に纏っている事から、恐らくマーラオの父で王様であるギオ・レガニールだろう。

その証拠にマーラオが「……お父様」と、声をかけていた。

そして、俺達に声をかける人物は他にも居る。

「「グレイブ！」」

「イウラ、リット、プティ。皆無事で良かった」

安心させるように微笑むグレイブさん。

イウラさんの横の二人が、グレイブさんの残りの奥さん達なのだろう。

グレイブさんの言葉と視線から判断するに、三人の中で一番大人びていてメイド服を身に纏い、熊耳なのがプティさんだと思われる。

狐耳なのがリットさんで、一番可愛らしくて同じくメイド服を身に纏い、
彼女達は互いに抱き合い、目から涙を流していた。

「嫌だよぉ……。グレイブが死ぬなんて嫌だよぉ……」

プティさんの悲痛な言葉が届く。

だが、無情にも俺達を殺すために近付いて来る者が居た。

目の部分だけをくり抜いた布を頭からすっぽり被り、その手に大剣を持つ獣人である。

正に、処刑人といった感じだ。

『どちらから死にたい？』

「じゃ、俺からで」

『いいだろう』

デイズの問いに軽く答える。

すると、俺は頭を突き出すような形で無理矢理座らされ、後ろには大剣を掲げる処刑人が立った。

『やれ！』

デイズの言葉に反応して、大剣が振り下ろされそうになった、その時――。

「……とぅ」

そんな短い呟きと共に、処刑人と槍を持っている獣人達が吹っ飛んでいく。

え？　何事？

自分の後方へと視線を向けると、そこには緑色の髪の少女――ハオスイが居た。

……ちょっと待って。状況を整理させて。

突然のハオスイの登場に対して心の整理をするのだが、事態は止まらない。

「……旦那様の敵は私の敵。旦那様を殺そうとする者は全殺し。……つまり、ここに居る獣人達は皆殺し？」

何やらハオスイさんが、不機嫌そうな表情で物騒な事を言ってらっしゃる！

ハオスイさん。ハオスイさんや。ちょっと落ち着こうか？

そして、俺も落ち着こうか。

俺は力任せに手錠を砕き、ハオスイへと向き直る。

「えっと……ハオスイさん？」

「……」

え？　無視？　無視なの？

どういう事なの？　と思っていると、ハオスイが視線だけを俺に向けてくる。

「……さん付け禁止」

あっ、なるほど。だから、呼びかけに応えてくれなかったのか。

「えっと、ハオスイ？」

「……何？　旦那様」

呼びかけに応えてくれてほっとする。……じゃない。

というか、いざ呼びかけてはみたものの、何を言えばいいのだろうか。

「……えっと。よくここまで来たね。こんなに早く」

「……早く旦那様に会いたくて頑張った」

「そ、そっかぁ……。う、うん。ありがとう？」

「……どういたしまして」

う、うん。

突然のハオスイ登場に、まだ動揺しているようだ。

本来なら、処刑人の大剣は華麗に回避して、そのまま手錠を砕き、穏健派の人達を救出して、強硬派の面々を相手に大暴れする予定だったんだけど……。

「ありがとう！　ハオちゃん！」

「……友達を助けるのは当たり前」

ちょちょちょ！

俺が当初の考えを思い浮かべている内に、ハオスイが穏健派の人達が捕らえられている檻を破壊した。

速いわぁ～！　行動が速いわぁ～！

どこか居た堪れない俺は、隣に居るグレイブさんの手錠を破壊する。

すると、自由になったグレイブさんが俺の肩をポンと叩いた。

「……全部……持ってかれたな」

「……良いんです。皆無事なんだし、これで良いんですよ」

泣いてなんていないんだからね。

それに、まだ相手は残っているんだから。

そう思って俺がデイズへと視線を向けると、不敵な笑みを浮かべていた。

『グハハッ！　まさかここで北の勇者の登場とはな！　それに、愚かな同族も自由になったか』

デイズが向ける視線の先では、檻から飛び出した穏健派の人達が居た。

グレイブさんは奥さん達と互いの無事を喜び合い、他の人達もハオスイへと感謝の言葉を告げている。

そんな中、ギオ王が前に出て来て、デイズへと声をかけた。

「……デイズよ。……いや、弟よ。お前の兄として言いたい。戦争は互いに多くの命を失ってしまう。……どうか、愚かな考えを捨てて、私と共に皆を止めてくれんか？」

『ハッ！　何を言うかと思えば。……この流れは止められんよ、兄者。もう我慢の限界などとうに超えている。それでも止めたければ、力ずくで止めるしかない。もちろん、出来るならだが』

そう言って、デイズが片手を上げると、それに反応して、隊列を組んでいる大勢の獣人達が、一斉に武器を構えた。

どうやら、本当に止まる気は一切無いようだ。

まぁ、力ずくをご所望なら、存分に相手になってやろう。

もちろん、ハオスイやマーラオ、グレイブさん達や穏健派の人達も、諦める気は毛頭無い。

全員が拳を握り、戦う態勢を整える。

「そうか。……ならば致し方ない。この国の王として、誇り高き獣人として、お前達を止めてみせる！」

ギオ王が決意の表情を浮かべ、デイズに向かって拳を握った。

『グハハハハッ！　そうだ！　そうこなくてはな！　何だかんだ言おうが、強き者を求めるのが獣人だ！　この人数差で、どこまでやれるか楽しませて貰うぞ！』

……うん。まぁ。

戦力比だけで言えば、こっちが圧倒的ではないだろうか？

俺とハオスイ、グレイブさんが居るしね。

ただ、穏健派の人達を守りながらとなると、少々時間はかかるかもしれない。

そして、デイズの手が振り下ろされる。

その瞬間、隊列を組んでいる獣人達の後方で爆発音のような音が響く。

えぇ～、今度は何よ？

これから、人数が少ない穏健派の逆転劇が起ころうというのに、一体何事？

そう思いながら、爆発音がした方へ視線を向けると、馬車がこちらに向かって突進してきていた。

……いやいやいや。

え？　いやいやいや？

本当に何が起こっているの？

隊列を組んでいた獣人達は、馬車に轢《ひ》かれまいと必死に逃げ惑《まど》っている。

うわ〜……。

馬車は隊列が崩れた事で出来た道を突き進み、俺の前で止まった。

いやいや、何で俺の前で止まるの？

これじゃ、俺が画策した事みたいに見えるじゃないか！

無実だ！　俺は無実だ！　俺は何も知らない！

そんな事を心の中で叫びながら、ポカーンと口を開けながら固まっていると、突貫馬車の御者台から降りてくる者が居た。

フロイドである。

お・ま・え・かぁ〜！

ほんと何やってんの？　こんな事仕出かして、どうするつもりだったの？

どう責任取るつもりだったの？

いや、もちろん、責任は全てお前に取ってもらうからな！

それに、馬を見てみろよ！

ぜ〜は〜ぜ〜は〜って、もの凄く息切れしているからな。

労《ねぎら》ってやれよ！　上等な餌をあげるんだぞ！

と、心の中で文句を言っていると、フロイドが馬車の扉を開いて頭を下げる。

そして、馬車から降りてきたのは、更に見知っている顔触れだった。

サローナさんにタタさん。ナミニッサにナレリナとキャシーさん。

更に、ユユナ、ルルナの双子エルフに、宿屋の娘であるルーラと獣人のネニャさん。

全員、俺の知り合いである。

……えっとぉ。

あれ？　もしかして、これって俺にも責任があったりするのかな？

いや、そうじゃなくて！　なんで皆がここに居るの？

誰か教えて下さい！　誰か教えて下さ～い！

この状況についていけず、固まっている俺にサローナさん達が声をかけてきた。

「えと……久し振りだな、ワズさん」

「あっ、はい」

サローナさんが話しかけてきた。

「お久し振りです、ワズ様」

「あっ、はい」

タタさんが話しかけてきた。

「お元気でしたか？　ワズ様」

「メアルも無事に救出したようで、ほっとしたぞ」

「あっ、はい」

ナミニッサ、ナレリナが話しかけてきた。

「そ、その……無事なようで安心しました」

「あっ、はい」

キャシーさんが話しかけてきた。

「よっ！　ワズ！　どうした？　相変わらずの間抜け面《づら》で？」

「びっくりした？　ねぇねぇ？　びっくりした？」

「あっ、はい」

ユユナ、ルルナが話しかけてきた。

「ワズお兄ちゃん！　お久し振りです！」

「あっ、はい」

ルーラが話しかけてきた。

「えっと……。何を言えば良いかわかりませんが、お元気そうで何よりです」

「あっ、はい」

ネニャさんが話しかけてきた。

「おや？　どうかされましたか？　ワズ様。壊れた人形のように同じ言葉を繰り返しておられますが？」

「お前のせいだぁ！」

問答無用でフロイドへと殴りかかるが、その拳は空を切る。

ちっ！　フロイドのくせにかわすなんて生意気だ！

「……旦那様。……旦那様」

ハオスイが俺の服を摘んで呼ぶ。

……一体、いつの間に俺の傍《そば》へと……。というか、なんでサローナさん達は、ハオスイの事を羨ましそうに見てんの？

……まぁいっか。

「ん？　どうした？　ハオスイ」

「……あれ。相手しなくていいの？」

そう言って、ハオスイがある方向を指し示す。

その方向へと視線を向けると、そこには怒りの表情を浮かべる強硬派の獣人達が、こちらに向かって突撃してきている。

そうだよね。いきなり馬車が突撃してきたんだもんね。

そりゃ、びっくりしたよね？　怒るよね？

わかる。わかるよ。

悪いのは、全部そこの執事だから。

怒りの矛先は、どうぞそちらの方へ向けて下さい。

「……旦那様？」

「あっ、ごめんごめん。……そうだね。今更止める事は出来ないよね？」

「……それは無理。一度出した矛を収めるのは難しい」

「だよね。……じゃあ、やりますか」

「……わかった。じゃあ、皆に指示を」

「皆？　指示？」

視線をハオスイから外せば、そこに居るのはサローナさん達と、楽しそうな笑みを零《こぼ》すグレイブさん。それに、穏健派の獣人達。

皆が皆、俺の言葉を待っているように見える。

……オゥ。……マジデスカ。

「というかさ、ちょっと今更なんだけど、なんでここにサローナさん達が居るとか聞いてもいいかな？」

「……旦那様。今はそんな時じゃない」

「ですよね～」

俺は溜息を吐いて、気持ちを切り替える。

怒れる強硬派の獣人達が迫ってきているので、あまり時間は無い。

なんで俺がと思いつつ、即座に指示を飛ばす。

「グレイブさんとハオスイを主戦力に、サローナさんとナミニッサ、ユユナ、ルルナ、ネニャさんはその補助をお願いします！　ナレリナとキャシーさんは穏健派の人達を指揮して共に迎撃！　それと、メアル！」

　俺の呼びかけに、メアルが空から舞い降りてくる。

「メアルは、タタさんとルーラを守ってくれ。出来るな？」

「キュイッ！」

　メアルが威勢よく答える。

「それと、なるべく相手は殺さないように！　俺達は強硬派を殺すために戦うんじゃない。止めるために来たんだからさ！　さぁ！　いくぞ！」

　俺の言葉を受けて、この場に居る全員が頷き、戦闘態勢へと移行する。

　だが、この場にはもう一人居るのだ。

「あの？　ワズ様。私はどのように行動すれば、宜しいでしょうか？」

「大丈夫。お前の事は忘れていないよ、フロイド」

　俺はにっこりと微笑み、近付いてきたフロイドの胸倉を掴む。

「ワズ様？　どうして私の胸倉を掴むのでしょうか？」

「そんなの言わなくても、もうわかるだろ？　お前の役割は……一番槍だぁ〜！」

　俺はそのままフロイドを、強硬派の獣人達の中へと向かって放り投げた。

　空を飛んでいくフロイドは、ふ〜やれやれとでもいうような仕草をした後、くるくる回りながら華麗に着地する。

　……イラっとした。

6

そして、俺達と穏健派対強硬派の戦いが始まった。

先陣を切ったのは、もちろん俺が投げ込んだフロイドだ。

相変わらずにこにことした胡散《うさん》臭い笑みはそのままで、強硬派の獣人達を殺さないように投げ飛ばしている。

しかもその後、丁寧に意識を刈り取るという行い付きで。

……あいつだけは一体どれだけ強いのか、よくわからない。

どう考えても、執事としての能力を超えていると思うんだけど……。

まぁいいや。フロイドだし。

きっと、そういう存在だと思っておけば問題無いだろう。

一方、グレイブさんとハオスイは、縦横無尽に戦場を駆けていた。

二人が通った後は獣人達の死屍累々《ししるいるい》……いや、死んでないから！

辛うじて生きているから！　きちんと、ギリギリ生きていられるように手加減しているようだから！　誰も死んでないから！

それに、よく見ればグレイブさんの手には双剣が握られていた。

いつの間に……。多分、強硬派の人達から奪ったのだろうと思う。

ハオスイは、素手で殴り飛ばしていた。

うん。まぁ、圧倒的なステータスだし、いいんじゃないかな？

……武器は俺が破壊しちゃったし、今度何か用意した方がいいんだろうか。

そんな二人の補佐をしているように動いているのが、サローナさんとナミニッサ、ユユナ、ルルナ、ネニャさんの五人である。

サローナさんは、ユユナ、ルルナの双子と共に、見事な連携攻撃をしていた。

三位《さんみ》一体とでも表現すればいいのか、非常に息の合った動きで、グレイブさんとハオスイが動きやすいように、周囲の強硬派の獣人達を吹き飛ばしていく。

その動きに横槍が入らないよう、ナミニッサが結界魔法を使って強硬派の動きを制していた。

大勢の獣人達が結界を破壊しようと攻撃を加えるが、ビクともしていない。

むしろ、その結界の壁に押し潰されるように、無理矢理動かされていた。

ただ、強硬派の全員が結界で足止めされている訳ではないので、当然のようにナミニッサをどうにかしようと襲いかかるのだが、そういった獣人はネニャさんによって防がれている。

ネニャさんは、Aランク級の力の持ち主と言われているだけあって、その動きには一切無駄が無かった。

ナレリナとキャシーさんは、穏健派の獣人達を指揮しながら戦っている。

騎士団を率いていただけあって、その指揮は見事だ。

損傷を出さないようにして戦い、危ない場面ではナレリナがその力を発揮して即座に鎮圧していた。

ただ、自分が思うように暴れられないのか、ナレリナは不満そうな表情を浮かべて、チラチラと俺の方を見てくる。まるで、この戦いの後に何かを要求しているように。

……あれ？　もしかして、俺の指示が気に食わなかったのだろうか？

けど、任せられるのはナレリナしか居なかったし、我慢して下さいとしか言えない。

というか、集中して下さい。

キャシーさんは、マーラオとギオ王と共に、穏健派の獣人達の補佐に回っている。

その動きは相手の先を読んでいるかのように的確で、見ていて爽快だ。

キャシーさんの献身的な動きは、どこか安心出来る。

そして、この場で数少ない、非戦闘員であるタタさんとルーラはというと、メアルが見事に守っていた。

近付く者が居れば、ファイアブレス。

近付かなくても、ファイアブレス。

可愛くて強い。メアルは完璧だね。

そう思って見ていると、時折タタさん達を守るように結界が生まれていた。

よく見れば、その結界を生み出しているのは、タタさんである。

……一体いつの間にそんな力を得たの？

ただ、まだまだその結界は不安定というか、脆《もろ》いというか、強硬派の攻撃を一瞬しか止められていない。

しかし、その一瞬で充分である。

タタさんの結界で動きが一瞬止まった所に、メアルのファイアブレスが飛んでくるという、見事な連携を披露していた。

ある意味、この戦場の中で、一番惨《むご》い仕打ちを受けている場所かもしれないと思う。

というか、ここに来てから俺って本当に一切活躍してないよね？

捕まってからの脱出という見せ場も、ハオスイに奪われたし……。

けれど、俺の相手が居ないという訳ではない。

まるで、こうなる事が決まっていたかのように一人残っている。

俺は、その人物へと視線を向けた。

腕を組み、変わらず不敵な笑みを浮かべているデイズへと。

「……よぅ。待たせたか？」

ここまで活躍らしい活躍をしていない俺は、精一杯格好付けてデイズへと声をかける。

『……チェンジだ』

「なんでっ！」

酷い返しをされた。

『戦う相手は、北の勇者ハオスイを所望する。そのために今まで待っていたのだ。この中で、一番弱そうなお前を待っていた訳ではない。我は獣人。強き者を求めているのだ。だから、チェンジだ。

さっさとハオスイをここに連れてこい！』

「えぇ～……」

一番強いの俺なんだけど？

ハオスイも倒してるよ？

しかし、それを言っても信じてくれなさそうである。

さてどうしたものかと考えていると、焦れたデイズが苛立たしげな声をあげた。

『何だ？　一人前にハオスイを庇っているつもりか？　弱者のくせに強者の前に立ち続けるとは、余程死にたいとみえる』

何やら、勝手に解釈されて、勝手に話が進むようだ。

デイズが組んでいた腕を解き、俺へと見せつけるように長い爪を生やす。

『いいだろう！　なら、貴様を八つ裂きにして、ハオスイを呼んでやるわ！』

デイズの何者をも引き裂きそうな長い爪が、俺の頭上から迫ってきた。

しかし、俺は特に何もせずその爪を受ける。

爪は、俺の体を引き裂く事も出来ず、触れた瞬間粉々に砕けた。

まぁ、そうなるよね。

俺は特に何も感じていなかったのだが、デイズにとっては違うようだ。

驚愕の表情を浮かべて自分の爪を凝視した後、怒りと憎しみが混じり合った目を俺へと向けてくる。

『……一体何をした？　魔法か？』

「別に何も。普通に立っていただけだけど。そもそも魔法使えないし」

『そんな事ある訳が無い！　人族が獣人よりも優れた体をしているはずがない！』

いや、そう言われても。

……現実を受け入れようよ。

デイズはもう片方の爪で挑んできたが、結果は同じだった。

「だから無駄だって」

『馬鹿な！　ありえん！　そんな事はありえん！　貴様、卑劣な手を使っているな！　戦いを汚す事は許さんぞ！』

身体能力を使ってるとしか言えないんだけど。

現実を受け入れられないのか、デイズは狼狽《ろうばい》して激しく頭を掻き乱す。

咆哮を上げながら俺へと怒りの形相を向けてくると、爪が駄目なら拳だといわんばかりに殴りかかってくるが、一切のダメージは無い。

それでもデイズは諦めきれないのか、攻撃を何度も繰り出してくるが、俺は余裕で受け止めていく。

どれほどの間そうしていたかはわからないが、デイズの攻撃が突然止《や》んだ。

見れば、デイズは肩を上下させて、荒く呼吸をしている。

どう見ても疲労困憊《こんぱい》だ。

「……なんだ？　もう終わりか？」

『ぐぐ……』

デイズが歯を剝《む》き出しにして怒り、その瞬間、俺の目がデイズの魔力を映し出した。

『……負けられぬ！　負けられぬのだ！　汚れた人族になど、負けてはならないのだ！　勝たなければならない！　勝って、取り戻さなければならないのだぁ！』

ん？　取り戻す？

一体何をと思ったのだが、目に映るデイズの魔力が変色していくのに気を取られる。

赤黒かった色が、全てを塗り潰すような真っ黒な色へと変わっていく。

それと同時に、デイズの体の方にも変化が起こった。

体中にあったひび割れの線がどんどん太くなっていき、デイズの体が魔力の色と同じ真っ黒になっていく。

爪も新たに赤黒い色のが生えてきて、金色の髪は真っ黒になって後ろに大きく伸びていった。

目の赤い部分も消えて、ただただ真っ黒へと変わる。

その姿を一言で表現するのなら、「邪悪」であると言えた。

『……殺す。……殺す。……殺す殺す殺す殺す殺す殺す殺す殺す殺す殺す殺す殺す殺す殺す殺す殺す殺す……この世の全てを皆殺しだぁ〜！』

地面すら揺り動かしているような錯覚を覚える程の咆哮が轟《とどろ》き渡った。

しかし、皆殺しは穏やかじゃない。

全てとなると、同族である獣人達もという事なのだろうか？

完全に狂ってしまったと言えた。

デイズが力を込め、爪を構えるように体勢を低くすると、真っ黒な魔力が爪へと流れ込んでいく。

爪が魔力を吸い込むように取り込むと、その色と同じく真っ黒へと変わる。

その変化は一本ずつであり、全ての爪が真っ黒に変わると、俺を引き裂くためにデイズが一気に迫り、その腕を大きく振りかぶった。

その速度は先程までよりも速く力強い。

俺は腕を上げて、真っ黒な爪を受け止める。

そこで、初めての事が起こった。

ラグニールの炎で全焼した時以来、苦楽を共にしてきた自分製作の服が引き裂かれたのだ。

引き裂かれたのは、真っ黒な爪を受け止めた部分だけとはいえ、この服は特別製と言ってもいいだろう。

何しろ、メルさんに教えられながら一から自分で作った服なのだ。

元々の素材も、山に居る高ランクの魔物で、その耐久性もかなりのものだと思っていた。

実際ここまでの間で、引き裂かれるような事は一切無かったし。

しかし、その服が引き裂かれたのである。

もちろん腕は何ともないが、少し悲しい気分になった。

同じデザインの替えの服もあるが、そういう問題ではない。

服の仇《かたき》を取らなければと、少し本気を出す事にした。

それに、先程までは砕けていたデイズの爪もそのままである。

自らの力が跳ね上がっている事に気付いたデイズは、もう片方の爪を俺に向かって突き刺そうとしてきた。

もう服を切られるのは勘弁して欲しいので、その爪を受け止め、握り潰そうとしたのだが、獣の本能とでも言えばいいのか、デイズは即座に飛び去って俺から距離を取る。

と、確認した瞬間、今度は俺へと一気に迫り、その勢いのまま足蹴りを繰り出してきた。

それをかわすと、デイズは体を回転させながら爪を突き立ててきたので、足を上げて受け止める。

そのまま爪を砕いてやろうと拳を握るが、それと同時にデイズが大きく口を開けて嚙みつこうとしてきた。

カウンターの要領で握った拳を突き出し、その腕へとデイズに嚙みつかせる。

俺の腕を嚙み千切ろうと歯をたててくるが、嚙み千切れないとわかると再び後方へと飛び去っていく。

というか、嚙みつかれた部分の服が破けて千切れた。

何これ？　何なのこれ？

片方は切られて、片方は千切れて……。何か今の俺って、相当間抜けな格好になっていないか？

嚙みつかれた方は、肩の部分まで千切れてビリビリになっているし、ちょっと恥ずかしいんだけど……。

けれど、今は恥ずかしがっている場合じゃない。

まずは、目の前のデイズをどうにかしなければならない。

やっつけるのは簡単なんだけど、そうした後が問題である。

今までも経験から言えば、やっつけると赤玉を吐き出して、生きているのか死んでいるのかわからない状態になるという事だ。

まぁ、ハオスイの場合は例外として。

皆にも相手は殺すなと伝えてあるし、出来れば生かす方向でいきたい。

それに、デイズの怒《いか》れる理由も気になる。

同族が攫われている事に怒っているというのは、マーラオから聞いているのでわかるが、その怒りの中に個人的な部分が含まれているような気がした。

だから、どうにかしたいと思うのだが、デイズが聞く耳を持つとは思えない。

どうも、今のデイズは変な方向に意識が向かっているというか、誘導されている感が否めないのだ。

聞いても素直に答えられるとは思えないし、まずは気絶させるのがいいかもしれない。

デイズを沈黙させれば、強硬派の獣人達も落ち着くかもしれないし、今はこの戦いを止める事だけを考えて動くか。

そう思った俺は、デイズへと声をかける。

「今からぶちのめすけど、死ぬなよ？」

『うぅ……。殺す……全て皆殺しだ』

……駄目だこりゃ。

まぁ仕方ない。一応、言うだけは言ったし、後はなるようになるだけだ。

再びデイズが襲いかかってくる。

どうやら、完全に俺を狙っているようだ。

だが、今度はこっちも迎撃させてもらう。

俺は一瞬で間合いを詰めるのだが、いきなり目の前に現れた事でデイズが焦り、うろたえるように大きく腕を振り上げてきた。

しかし、その動きは、俺にとってはかなり遅い。

俺は振り上げている腕を無造作に掴み、そのまま捻《ひね》って動きを封じる。

そして、少し力を込めて蹴り上げ、空中へともの凄い勢いで吹き飛んでいくデイズの後を追う。

瞬く間にデイズよりも高く飛び上がり、両手を組んで叩きつけた。

デイズは為す術《すべ》なく地上へと落下していき、地面は凄まじい衝撃音を発してひび割れ陥没する。

その中心には、ぴくりとも動かないデイズ。

俺は地上へと無事に着地して、デイズの方へと視線を向けた。

『……コロ……ス。…………………コ……』

何やら呟いた後、デイズは気を失ったようだ。

口から赤玉を吐き出していないし、生きてもいるようなので、とりあえずほっとする。

しかし、問題なのは、デイズの姿が戻っていない事と、その戻し方がわからない事だ。

さて、どうしたものかと悩んでいると、周りが静かになっている事に気付く。

戦闘音がどこからも聞こえない。

どうしたのだろうかと周囲へ視線を向けると、戦いが終わっていた。

強硬派の獣人達は、武器を落とす者や悔しそうに唇を嚙む者、中には涙を流している者も居る。

ただ、もう戦う意志は無いようだ。

デイズは強硬派の一番上だという事だし、その負けは強硬派全体の負けという認識でいいのだろうか？

まぁ、実際に戦いは止まっているし、別にいいか。

そんな事を考えていると、穏健派の獣人達が俺の傍へと駆け寄ってきて、その中の一人、ギオ王が尋ねてきた。

「デイズは！　弟は無事なのですか！」

「え？　はい。とりあえず生きていますけど？」

「……そうですか」

ギオ王は胸を撫で下ろして安堵した後、俺に向かって頭を下げてきた。

「お願い申し上げる！　どうか！　どうか弟の命を奪わないで頂きたい！」

「あっ、はい。というか、別に殺すつもりは一切無いですけど？」

「そ、そうですか。……心より感謝申し上げます」

……ん～。ちょっと待って。

何かギオ王の言葉の使い方が、完全に目上の者に対するモノなんだけど。

……なして？

俺がその事を疑問に思っていると、マーラオが答えてくれた。

「ふふ。お父様の態度が不思議ですか？　ワズ様」

「はい。……様？」

「私達獣人は強き者を求めるとお話しましたが、同時に強き者を尊ぶのです。デイズ様は私達の中で最も強き者でした。ワズ様は、そのデイズ様を倒したのです。なので、今私達獣人に、最も尊敬されていると言っても良いでしょう」

「はぁ……」

よくわからんが、そういうもんだと納得しておこう。

その方が、話がこじれなさそうだし。

……待てよ。もしかしたら、ギオ王なら、デイズの怒りの原因を知っているかもしれない。

そう考えて、俺はギオ王にデイズの事を尋ねる。

「王様に尋ねたい事があるのですが？」

「なんでしょうか？」

「デイズは、何故こんなにも人族へと怒りを向けてくるのでしょうか？」

「その事ですか……」

俺の問いに、ギオ王は目を瞑り、考え込むように黙り込んだ。

そして暫くすると、目が開けられ、真っ直ぐに俺を見てくる。

「……実は、デイズの娘が南の国の人族に、非道な手段で攫われたのです。……いえ、デイズの娘だけではありません。強硬派に所属する獣人の多くはデイズと同じ境遇で、だからこそ、彼等は自分の息子、娘を救い出そうと、戦争を起こそうとしていたのです」

なるほど。……そりゃ怒るわな。

人族に対して怒るというのも、よくわかる。

何というか、本当に殺さなくて良かったと思う。

俺が曖昧な笑みを浮かべていると、グレイブさんやハオスイ、サローナさん達、皆も俺の周りに集まって来た。

なんか俺が中心みたいになっているけど、いいのかな？

「グレイブさん、お疲れ様です」

「おう！　いい運動になったぜ」

グレイブさんが快活な笑みで答える。

その後は、奥さん達の方へ向かって、互いの無事を喜び合っていた。

「ハオスイもお疲れ様」

俺がそう声をかけると、ハオスイは誇らしげに胸を張る。

「……うん。旦那様のために頑張った。後で撫で撫でを希望する」

「ははは。了解」

ハオスイが嬉しそうに笑みを浮かべる。

そして俺は、サローナさん達へと向く。

「皆も、ありがとう」

俺が感謝の言葉を述べると、サローナさん達は嬉しそうに微笑む。

「どうして皆がここに居るのかは、後で教えて貰えるのかな？」

「はい。それはもちろん。わかって貰えるまで、根気よく教えますから」

ナミニッサが笑みを浮かべてそう答えるのだが、何か訳ありなのだろうか？

有力候補なのは、どこかで危機が起こっていて、俺の力が必要とか？　伝説上の魔物が現れたとかだろうか？

……まぁ、後で教えて貰えるようだし、その時聞けばいいだろう。

今の問題は、デイズをどうするかである。

さすがに、今の状態で放置する訳にはいかない。

それは、ギオ王達も同じで、俺へと尋ねてきた。

「デイズは、きっと何かしらの原因で狂っているだけなのです。……助ける事は……前のデイズへと戻す事は出来ないでしょうか？」

俺もそうしたいのは山々なんだけど、はっきり言ってその方法がわからない。

ハオスイの時のように出来れば良いのだが、アレは龍人特有みたいだし、同じ事をしても戻らないと思う。

さてどうしたものかと考え、やはり女神様達へと聞いた方がいいかな？　と思っていると、急に俺の懐から光の玉が飛び出し、空へと飛んでいって雲の中に消えていく。

すると、雲の中から光が漏れ、空が輝き、光の玉が見えなくなった所から、一筋の光の柱が俺の近くへと降り注ぐ。

突然の事態に、皆も驚いていた。

俺も驚いていた。

その光の柱の中には、一人の女性が舞い降りてくるのが見える。

ピンク色の髪を優雅にたなびかせ、可愛らしい顔立ちに均整のとれた体つき、そして、見えそうで見えないぐらいの透明度の高い布地の修道服っぽいものを身に纏っていた。

そんな人物が、俺の近くへと向かって舞い降りてくる。

あまりの神々しさに、この場に居る俺以外の全員が平伏した。

そんな中で地上へと降り立ったその人物は、その光景を見て静かに微笑み、この場に居る全員へと囁くように……それでも耳に届くような声で告げる。

「……七並べに勝った私が、ワズさんの愛を勝ち取るため」

……あれぇ？　どうしよう？

激しく嫌な予感がするんだけど……。

危機感知がもの凄く反応しているんだけど……。

その人物が一拍置いた後、高々と片手を上げて宣言する。

「女神！　ここに、爆！　誕！」

……。

「お帰り下さい」

「なんでっ！」

「速やかに」

「折角来たのにっ！」

「住処《すみか》に帰れっ！」

「やだなぁ。ワズさんの隣が私の帰る所ですよ。きゃっ♪」

……駄目だ。帰らなさそうだ。

そして、このやり取りで、目の前の人物が「女神様」であると理解してしまった。

こんな馬鹿な事を仕出かすのは、俺の知る限り女神様しか居ない。

ギルドカードの文面そのままの性格のようだ。

それに、俺の体の中の失った種族%の部分が、本物であると告げている。

残りの人族の部分は、全力で拒否しているというか、認めたくないというか、見なかった事にしようとしているというか、関わり合いになりたくないというか……。

完全に他人の顔をしようと告げている。

俺が溜息を吐いていると、女神様は意地悪そうに微笑んで声をかけてきた。

「それにしても折角こうして会えたのに、つれない反応ですねぇ。あっ！　もしかして、予想以上に私が美しくてドキドキしちゃったとか？　それで、ついついそんな反応をしちゃったのかな？　いやんいやん。美神だなんて恥ずかしいですよぉ！」

……。

……そんな事は一言も発していない。

捏造しないで下さいと言いたいのだが。

いや、確かに見た目は綺麗な人だと思う。

思うのだが、性格を加味すると、とてもではないが関わり合いになりたくない。

しかし、現状この神様に頼らなければならないのも事実である。

俺は深く深く溜息を吐いた後に、言葉を発した。

「……どうして女神様がここに？」

「そんなの決まっているじゃないですか！　もちのろん！　ワズさんの御寵愛を受け取るためにですよ！」

俺を見つめてそう言った女神様の目には、一点の曇りも無かった。

……いやいや。……え？

ギルドカードの文面は本気だったの？　冗談じゃなかったの？　と問いたい。

というか、女神様の発言を受けて、ハオスイやサローナさん達から殺気を感じるんだけど。

正直、何かおっかないんで、この場から回れ右して帰りたいんですけど……駄目ですか？

駄目でしょうね。

はい。観念します。

とりあえず、女神様の言葉は右から左に流してと。

「ちょうど、女神様に聞きたい事があるのですが?」

「スルーですか!　無視ですか!　もっと私に心を許しても良いんですよ!」

そうですね。

スルーします。

助けた貰った事には感謝していますが、それはそれ。これはこれです。

「あそこに居る彼……デイズというんですが、彼を助ける事って出来ませんか?」

「更にスルー!　あれ?　なんだろう?　ちょっと心地よい気がします」

……更に駄目な発言している気がする。

本当に神様なのだろうか?

いや、神様なんだろうけど、こう対峙してみると、そこに居るフロイドと同じ種類に感じる。

まともに絡むと面倒臭いというか、放置するぐらいの気持ちで接するのが正解のような……。

「で、どうなんでしょうか?」

「えぇ～!　もっと相手して下さいよ～!　構って下さいよ～!　折角出て来たのに～!　ぶ～ぶ～!」

……イラッとした。

いや、駄目だ。ここで手を出すのは、なんというか大人気ない。

この女神様はフロイドと一緒。

この女神様はフロイドと一緒。

俺が謎の言葉を心の中で唱えていると、女神様が溜息を吐く。

「はぁ……わかりましたよ。見ますよ。彼を見ればいいんでしょ……ぶ〜」

そう言って、女神様はデイズへと視線を向け、顎に指を当ててふんふんと頷く。

デイズの全身を確認するように見て、何度か頷いた後、再び俺へと視線を向けた。

「どうにか出来ますよ」

「本当ですか！」

「ええ。でも、今の私はこうして顕現《けんげん》しているだけでも、かなりの力を使っていますし、他にやるべき事もあるので、正確にはワズさんがどうにかするんですよ」

「俺が？　……どうにかするの？　出来んの？」

「はい」

え？　本当に？

その言葉に困惑していると、女神様がずいっと俺に近付き、こそっと耳打ちしてきた。

「『神格化』すれば良いんですよ」

「……はい？」

女神様はそれだけ告げると、俺から少し離れてにっこり微笑む。

「……アレをしろと？」

「アレをしましょう」

うぅむ。

俺はちらっと平伏しているギオ王へと視線を向ける。

平伏しているから表情は見えないが、俺と女神様の会話は聞こえているはず。

きっと、俺だと助けられると聞いて、どうかお願いしますと懇願していると思う。

……はぁ。

まぁ、仕方ないよな。

元々悪いのは、南の国の人族であって、ここの獣人達はその被害者だ。

俺の種族％を代償にするだけで助けられるのなら、それで充分。

「わかりました。……けど、俺は自分の意思であの状態にはなれないんですけど？」

「あれ？　そうなんですか？　アレはですね……」

そこまで言って、女神様の言葉と動きが固まる。

え？　なんで？　どういう事？　叩けば動き出すだろうか？

そんな事を考えていると、女神様は急に動き出し、空に向かって何かを書いているかのように指を動かし出す。

何それ？　ちょっと怖いんだけど。

そして、女神様は何かを思い付いたように、ぽんっと手を打ち合わせた。

「では、私がその方法を伝授しましょう」

「……お願いします」

「では……」

女神様が俺に近付いて来る。

危機感知がもの凄く反応した。

その反応に従って、俺は女神様の頭を鷲摑《わしづか》みにして止める。

「……何をしようとしていたんですか？」

俺は笑みを浮かべる。

「……えへっ」

女神様も笑みを浮かべる。

でも、誤魔化されない。

「説明をお願いします」

俺は少しずつ手に力を加えていく。

やはり、この女神様はフロイドのように扱うのが正解だ。

「いたたっ！　わかりました！　わかりましたから！　説明しますから！　この手を放して下さいい～！」

俺は溜息を吐いてから、女神様を解放した。

女神様は、摑まれた部分を擦《さす》りながら答えてくれる。

「私と直《じか》に接触させる事で、身体情報の更新を行おうとしていたんですよ。そうすれば、ワズさんは自分の意思でアレを使用出来るようになるのです」

「……で？　どう接触しようと思っていたんですか？」

「……黙秘します」

「却下します」

そう言って、俺は無言で女神様を見続ける。

無言の圧力に耐えられなくなったのか、女神様は視線を逸らして、ばつが悪そうに言葉を発した。

「…………これはチャンスと思って、唇を奪ってみようかと。……勇者の事が羨ましかったし、既成事実さえ作ってしまえば、こっちのものだと考えました」

「……はぁ～」

溜息しか出ない。

しかし、危なかった。

よく働いてくれた。危機感知。

これからも宜しくお願いします。

女神様は俺の様子を窺うように、ちらちらとこっちを見てくる。

どこか怯えたように見えるが、それは俺が怒ってないかを気にしているのではなく、嫌われていないかなと窺っているように感じた。

……はぁ。全く。

「わかりました。とりあえず、普通に接触するだけでお願いします。……後はまぁ、別に女神様の事を嫌った訳ではありませんから。ちょっと驚いたというか、まぁそんな感じで。今回、出会うのは初めてですし、そういうのはこれから次第という事で……どうでしょうか？」

我ながら甘いなとは思うが、女神様はどうも真剣なようだし、これからどうするかはちゃんと考えていこう。

俺がそう結論付けていると、女神様はぱぁっと花が咲くような笑みを浮かべる。

「えへへ！　はいっ！」

……容姿だけで言えば、絵になるんだけどなぁ。

その性格が問題で、厄介なのである。

「じゃあ、まずは身体情報の更新ってやつをお願いします」

「わっかりましたぁ～！」

俺と女神様は握手をする。

すると、体の中に新たな力が生まれていくような感覚が走り、頭の中に様々な情報が流れ込んできた。

暫くの間そうした後、俺と女神様は同時に手を放した。

「……なるほど。よくわかりました。ありがとうございます」

「いえいえ。お力になれたようで嬉しいです」

そして俺は、大きく息を吐いて、体中の隅々《すみずみ》へと届くように力を入れる。

「ふんっ！」

そのかけ声を上げた瞬間、「神格化」スキルが発動したのがわかった。

確認するように、少しの間手を開いたり握ったりする。

どうやら、完全に自分の意思で発動出来るようになった。

あの時のような、今まで以上の力を自分の中で感じる。

「……素敵」

女神様が俺を見てうっとりしている。

どもども。

とりあえず、今は他にやる事があるので、女神様の相手をするのは後だ。

俺はデイズへと視線を向けて観察する。

……。

……なるほど。完全に理解出来た。

神格化発動状態だと、何をどうすればいいのかがわかる。

望んだ目的を達成するための行動を、どうすればいいのかがわかるというか、見ているだけで頭の中に流れ込んでくる感じというか……。

まぁいいや。今はデイズを助けないと。

俺は自分の手の平を、デイズに向けた。

神格化発動状態なら、スキルの「固有魔法：神」を使える事もわかる。

これを使ってデイズを救うのだ。

「固有魔法：神」に魔力は必要無い。

考えるだけで、全ての事象を変化させる事が出来るのだ。

俺はデイズの体の中にある、赤玉から溢れている魔力を閉じ込めるように手を握る。

そのまま封じ込め、体の中から排出させ、その影響で傷付いたデイズの体を癒していく。

そうした作業の後、デイズの体から黒い部分は全て消え去り、元の金色へと戻った。

デイズの心臓もきちんと動いて生きている事を確認すると、俺は神格化を解く。

「……ふぅ」

「上手くいったようですね」

「はい」

ただ、一つ問題があるとするならば、もの凄く疲れるという事だろうか。

初めての時のように、体中が痛むという事はないのだが、体力がもの凄く減っている気がする。

「お疲れ様です。ワズさん。今はまだ不慣れなので疲労しますが、使い続けていけば、そういった事は起こらなくなりますよ」

「そうですか」

けど、今感じている疲労は、人一人の命を救ったためのものだ。

俺は、その疲労を心地よく感じた。

第三章　ハーレム……ハーレム？　……ハーレム！

1

戦いが終わり、俺達も穏健派も強硬派も、その全員が一度首都へと戻った。

俺達はギオ王のご厚意で王城に部屋が用意されたので、そちらへと向かう。

デイズはまだ意識が戻っていないそうなので、救護室へと運ばれていった。

まぁ、傷も癒しているし、起きるのにそう時間はかからないだろう。

そして現在、俺はメアルの時空間魔法の中から同じデザインの新しい服を取り出して着替え終わり、宛がわれた部屋に居るのだが、何故か皆が集結している。

メアル、ハオスイ、サローナさん、ユユナ、ルルナ、ルーラ、タタさん、ネニャさん、ナミニッサ、ナレリナ、キャシーさん、フロイドの大所帯だ。

これだけの人数が一部屋の中に居るのだが、それでも余裕はまだまだあった。

こんなに広い部屋を宛がわれるなんて……。

それだけ敬《うやま》われているという事ですよと、マーラオが言っていたが、本当だろうか？

グレイブさんは奥さん達の所へと行っていて、女神様はというと、何やら他にする事があると言って、どこかへと行ってしまった。

用が済んだら戻って来ると言っていたが、戻る場所はギルドカード内という事でいいのだろうか？

まぁいいか。

俺はベッドの上で座り、そんな俺へと全体重を預けて眠っているメアルを撫でながら尋ねる。

「それで、えっと……。どうして皆がここに居るのかは、教えてくれるのかな？」

そう言うと、ナミニッサが一歩前に出てきた。

「そうですね。何から話せば良いのか……。まずは、サローナの想いと、タタの誤解を解いてからの方が良いでしょうか？　そうしないと話が進みませんし、本題をお伝えする事も出来ませんから」

「……想い？　……誤解？　……本題？」

何が何やらわかりません。

しかし、この二人に関しては、別れ方が別れ方だけに少々顔を合わせ辛い。

けれど、それは俺の問題だし、二人が気にする事ではないと思う。

まぁ、何か教えてくれるようだし、ここは素直に聞いておこう。

ナミニッサが一歩下がるのに合わせて、サローナさんとタタさんが一歩前に出てきた。

すると、タタさんがネニャさんを呼び、二人の隣へと並ばせる。

ネニャさんは、俺に向かってぐっと親指を立ててきた。

俺がその行動に対して怪訝《けげん》な表情を浮かべていると、サローナさんが話しかけてくる。

「まずは感謝を。あの時は助けて頂いてありがとう」

そう言って、サローナさんは頭を下げた。

いやまぁ、寧ろ助けられて良かったと言いますか……。

そういえば、あの赤玉黒玉との因縁？　は、あの時から始まったようなもんなんだよなぁ。

どうしてこう、俺はあれを使う奴等に出会うのか……。はぁ……。

……おっと、今はサローナさんの話を聞かないと。

「それと、あの時の私は伝える言葉を間違えた。……本当の気持ちを隠して。……けれど、今はこうして再び出会えた事に感謝している。里の皆も応援してくれているし、どうか、私達の話を聞いて欲しい」

サローナさんはそれだけ言うと、視線をタタさんへと向ける。

タタさんはその視線に対して頷いた後、俺に向かって話しかけてきた。

「次は私達ですね。ワズさん、ネニャ」

「はいっ！　誤解です！」

……ん？　何が？

ネニャさんよ、色々言葉が抜けています。

全く意味がわかりません。

俺が困惑しているのがわかったのか、ネニャさんが慌てる。

「いや、えっと！　その、だから！　色々と誤解だったんです！　ごめんなさい！」

「ネニャ。それじゃわかりませんよ。後は私が引き継ぎます」

タタさんが慰めの言葉をかけ、ネニャさんはしょぼ～んと意気消沈した。

「……えっと」

「失礼しました。私は、ワズ様の誤解を解きたくてここまで来ました。受けたであろう心の傷を考えれば、謝っても許して頂けるかはわかりません。ですが、あの時ワズ様の前から居なくなったのは、安全のために……いえ、これは言い訳ですね。私はただ、あれで終わる事を認めたくないのです。ちゃんとワズ様の前で、自分の言葉で伝えたいのです。私の気持ちを……」

そう言って、タタさんは頭を下げる。

それに合わせて、サローナさん、ナミニッサ、ナレリナ、キャシーさんも頭を下げた。

まるで、俺へと懇願するように。

……どゆ事？

「……ここが旦那様の決めどころ。器の大きいところを見せて」

ハオスイが俺に向かって親指を立てる。

……だから、どゆ事？

「えっと……。はい。じゃあ、聞きます」

俺がそう言うと、サローナさん達は顔を上げて頷き合う。

「では、話し合った通り、出会った順で」

サローナさんがそう言って、俺に視線を向けてきた。

何やら覚悟を決めた表情を浮かべていて、俺はごくりと唾を飲み込む。

「あの時は本当にごめんなさい。いや、この謝罪はあの時のごめんなさいではなくて！」

思い出して泣きそうになったよ。

「ふぅ……。締まらないな。いざワズさんを目の前にすると、こうも取り乱すなんて……。けれど、きちんと伝えたいんだ。私はあの時、確かにごめんなさいと言った。でも、本心では付いていきたかったのだ。その気持ちを里の皆が知っていてな、快く送り出してくれた。……全く、気付かぬは自分ばかりで、情けない話だがな。だが、これから伝える事は、嘘偽りではない事を誓う。願わくば、この気持ちを伝えた後、ワズさんが受け入れてくれる事を願う」

そう言って、サローナさんは自分を落ち着かせるように、深く息を吐いてから言葉を続ける。

「ワズさん。私はあなたの事が好きだ。心から好きなのだ。決して、この気持ちが色褪せない事を誓おう」

……え？　お？

そして、次にタタさんの番が始まる。

「あの時は、急に居なくなってごめんなさい。私はワズ様に責められる事をしてしまいました」

え？　うん。それはもう気にしてないから。

はい。水に流しました。許します。責めません。

だから、一旦整理させて！

「嫌われてもおかしくはないかもしれません。ですが、私のワズ様への気持ちは一切変わりません。こんな私を受け入れてもいいと言って下さった言葉に、心が動かされたのです。いくら望んでいても、決して届かないと思っていた幸せを、ワズ様が与えてくれました。欲していた言葉をくれたのです。……それだけで、私の心がどれだけ救われた事か。……だから私は、ワズ様と共に生きていきたいのです。そのお傍で……」

タタさんは、サローナさんと同じようにここで一拍置いてから、言葉を続ける。

「ワズ様。私はワズ様の事が好きです。どうか、私の心と体を貰って下さい。ずっとずっと、傍に居たいのです」

……あ？　へ？

そして、次にナミニッサとナレリナの番が、揃って始まる。

「あの時、ワズ様に救われた事は、きっと運命だったのでしょう。もし、ワズ様が居なかったら、今頃どうなっていたかはわかりません。それは、父様や母様、兄様も一緒だと思います。ワズ様は、私達家族にとって、正に命の恩人です。ですが、もしそのような事が起こらなかったとしても、私がワズ様へと向ける気持ちは、決して変わらなかった事を知っておいて下さい。メアルちゃんが攫われてしまったので、あの後お伝え出来なかった気持ちを、今お伝えします」

ナミニッサはそこで一旦区切り、ふぅと息を吐いてから続ける。

……駄目だ。なんか色々唐突すぎて、心が追い付いて――。

「一目惚れです。あの時、あの瞬間、一目見たその時から、ワズ様に心奪われました。好きです。私の全てを……どうか受け取って下さい！」

……な？　ひ？

「私もナミニッサと言いたい事は同じだ。私は呪具で理性を失い、駄目だとわかってはいても止める事は出来なかった。だが、そんな私をワズが止めてくれたのだ。……助け出され、抱き締められ……その時、私の中にワズへの気持ちが芽吹いた。本当に、ワズが救ってくれて良かったと、心から思う。この気持ちを止める事は出来ないし、今にも溢れだしそうだ。……でも、今は言葉で伝えようと思う。……出来れば、受け止めて、その腕で抱き締めてくれ。そうなる事を望んでいる」

そこでナレリナは、手を組み合わせて言葉を続ける。

いや、ちょっと待ってってって。

「好きだ。私の心は……ワズ、お前を求めている。この気持ちは真剣だ」

……にゃ！　にょ！

更に、キャシーさんも出てきた。

「わ、私はその……こうしてこの場に居る事が恐れ多いのですが、皆さんの後押しもあって……。私も、ワズさんに救われた身。あの時から、ワズさんの事を目で追って、その動向を見てきました。そうしている内に、どんどん惹かれていって……。圧倒的に強いんだけど、お世話したくなるというか、傍で見ていたいというか……。騎士の身でありながら、自分を律する事が出来なくなっていったのです」

そして、キャシーさんは覚悟を決めたように、凛《りん》とした表情を浮かべる。

付いてない！　心が追い付いてないよ！

「す、好きです！　こんな私でも良ければ、共に居る事を許して頂けないでしょうか！」

落ち着こ！　ねぇ、落ち着こ！　俺、落ち着こ！

ちょっと待って！　一旦待って！

けど、ハオスイは待たない。

「……私の気持ちは変わらない。私は旦那様に救われて、生きる気力を得た。道を示してくれた。……だから、私は旦那様の隣で戦いたい。誰かを守るために、この力を使っていきたい。……旦那様には、そんなこれからの私を見ていて欲しい。ずっとずっと一緒に」

ハオスイが俺をじっと見てくる。

「……好き。この気持ちは未来永劫変わらない。……私の本当の旦那様になって」

……。

……はっ！　思考停止していた。

あれか？　これはあれか？

夢でしたという事なのか？

つまり、俺は今夢を見ているという事なのだろうか。

でなければ、現実とは思えない。

皆が皆、俺の事を好きって……。
い、一応、夢かどうか確認しておくか。
俺はそう考えて、自分の腿《もも》をつねる。
……痛い。あれ？　現実！
俺が現実である事に驚いている間に、サローナさん達は何かタイミングを計っていた。
一緒に何かを言うようで、ナミニッサのかけ声と共に言葉を発する。
「せ～の！」
『私達全員を娶《めと》って下さい！』「……下さい」
ハオスイはちゃんと言おうか……。
じゃなくて！
え？　本当に何が起こっているの？　全員娶って下さいって……。
俺が娶るの？　皆を？　それなんてハーレム……ハーレム？　……ハーレム！
あれ？　これってもしかして、ハーレムなの？
いやいや、よく考えてみよう。これはハーレムか否か。
……。
……。
……ハーレムだ、これ！
本当にハーレムなの？　あれ？　えっと……あれ？

なんだろう。ちょっと落ち着かない。

突然の出来事すぎて、心が事態に追い付いていない。

何か頭の中が混乱している。

「……ちょ、ちょっと、落ち着かせて下さい」

俺のその言葉を受けて、この場は一旦解散となった。

2

部屋の中には、俺一人だけだ。

皆も、メアルも居ない。

俺は、ベッドの上で胡坐《あぐら》をかいて、うんうん唸《うな》る。

サローナさん達への返事を待たせる事になってしまったが、そう簡単に決めていい事ではないだろう。

ましてや、その場の勢いで答えていい内容でもない。

それも、俺の場合はサローナさん達、複数人である。

きちんと考えなければいけない。

これから一緒に居る事になれば、金銭とか、住む場所とか、色々考えなければならない事は増えるだろうが、今大事なのは俺の気持ちだ。

中途半端な気持ちで答えるのは、皆に失礼である。

だから俺も、皆の真剣な気持ちに恥じないように決めなければいけない。

振られたと思っていた、サローナさんとタタさんの事が誤解と教えられ、更にその二人とナミニッサ、ナレリナ、キャシーさん、ハオスイに告白され、しかも全員娶って欲しいときた。

この旅を始めた時は、確かにハーレムを目標としてきたが、いつの間にか二の次になっていたし、いざそうなってみると、色々考えるものなんだなと笑みを浮かべる。

俺は一呼吸してから、自分の中へと問いかけた。


まずはサローナさん。

銀髪のエルフで、里で色々お世話になった人。

勢いで告白して、ごめんなさいされて……でも、それは本当は違っていて、俺の事が好きだという。


では、俺はどうなんだろうか？

振られたと思い、傷付き、もう会えないと思って……。

でも、これからはずっと一緒に居られると思うと、それは堪らなく嬉しい。

そう思うのは、きっと、俺の中にサローナさんへの想いがあるという事だろう。


次にタタさん。

青い髪のお姉さんで、多分一目惚れだったんじゃないかと思う。

出会いを繰り返していく内に、気持ちが固まっていった感じかな。

タタさんの全てを受け止めるつもりで告白して、なのに突然居なくなって……。

でもそれは、俺が思ったような事じゃなかったと、タタさんが教えてくれた。

俺の事が好きだと。……受け止めて欲しいと。

きっと、あの時の正しい行動は、どんな事をしてでもタタさんに会いにいく事だったんだな。

タタさんが一緒に居てくれるなら、俺はどんな事をしてでも守りたいし、力になりたい。

その気持ちは、今も変わっていない。


ナミニッサとナレリナ。

赤髪の双子で、王族で。

でも、そんな事を全く気にしていないというか。

相手は王族だからと、勝手に自分の気持ちを抑える必要は無かったんだな。

まさか、二人共が俺の事を好きだなんて。

あれ？　俺は平民だけど良いのだろうか？

いや、良いからここに居るという事か。それに、今更そんな事を気にしても仕方ない。

ナミニッサが一緒に居てくれるなら、色々と心強い。

ナレリナが一緒に居てくれるなら、毎日が楽しくなりそうだ。

俺も二人と一緒に居たい。


キャシーさん。

薄紫色の髪で、少しふくよかな騎士さん。

でも、凄く家庭的というか、一緒に居て安らげる人。

ほだされたのかな？　……ほだされたんだろうなぁ。

何か可愛いんだよな。

まさか、キャシーさんからも告白されるとは思ってなかったけど、正直言えば嬉しい。

キャシーさんが一緒に居てくれるなら、心が安らぎそうだ。


そして、ハオスイ。

緑髪の龍人で、自分を倒した人に全てを捧げると、戦い続けていた少女。

赤玉を既に飲んでいて、救いたいと思った。

戦いに勝って、救って……そしたら、いきなり俺を旦那様と呼んでいて。

それに、自分の気持ちを真っ直ぐにぶつけてきて……嬉しかったな。

よくよく考えてみれば、確かにメアルの事もあったけど、ハオスイを救いたいと思ったのは、好意からだと思う。

ハオスイが一緒に居てくれるなら、日々が輝きそうだ。

……でも、まさか六人全員同時に告白される事になるとは思わなかった。
あれ？　ハーレムってこんな感じでなるんだっけ？
こういうのって、もっとこう……一人一人増えていくもんなんじゃないの？
というか、皆の連帯感が半端無い気がするのは、勘違いかな？
……。
……。
……やっぱ、何か仲が良いよね？
いやいや、仲が悪いよりはずっと良い。良いんだよ。
でもさ、あれ？　俺の立場は？
……なんだろう。
サローナさん達に囲まれて、俺が正座している姿が容易に想像出来てしまう。
これって、正夢？
いや、寝ている訳じゃないから、正夢じゃないか。
なら、予知夢？
そんなスキルは持っていない。
ただ、仲が良い皆を見ていると、簡単に想像出来てしまう訳で……。
いや、これは今考える事じゃない。

皆の気持ちを聞いて、俺がどう答えるか。

でも、そんなもの、答えなんてもう決まっているようなものだ。

俺は皆の想いを受け入れたい。

俺も皆と一緒に居たい。

その気持ちがあるだけで充分じゃないか。

後の事は、皆と一緒に考えて、決めていけばいい。


と、いう自分の想いを、俺は翌日彼女達に全て伝えた。

そして今、この部屋の中に居るのは、メアル、サローナさん、タタさん、ナミニッサ、ナレリナ、キャシーさん、ハオスイだけである。

「……というのが俺の想いです。……なので、えっと……皆と向き合って、知っていきたいというか……これから宜しくお願いしますという事で、いいかな？」

俺が照れながらそう言うと、皆は笑みを浮かべて答えてくれる。

「キュイ！　キュイ！」

「それで構わないよ。私達の中にある気持ちは変わらない。一緒に生きていこう」

「ええ、構いません。私達の気持ちが届いた事が大事なのです。これからの事は、私達全員で決めていけば良いのですから」

「それで大丈夫ですよ。そのために、私達はここまで来たのですから」

「そうだな。私達に大事なのはこれからだ」

「ふ、不束者《ふつつかもの》ですが、これから宜しくお願いします」

「……旦那様モッテモテ。これが真実」

皆の言葉に、俺は視線を外して、恥ずかしさを隠すように頭を掻く。

一呼吸してから、改めて皆と向き合った。

「メアルは、皆と一緒に居られて嬉しいかな？」

「キュイッ！　キュイッ！」

正直言って、メアルが何を言っているのかはわからない。

だけど、声の調子で何となく発している感情は理解出来る。

喜んでいる事がわかり、俺はメアルを優しく撫でた。

「サローナさん。エルフの里から大変だったでしょ？　ここまで来てくれてありがとう」

「ふふ。そんな事気にしなくていい。こうして私はワズさんと共に居る。それが全てだ。そうそう、私の事は呼び捨てで良いからな。いや、むしろそうしてくれ」

えへへと、俺とサローナさん――サローナは、顔を見合わせて笑う。

そういえば、エルフと聞いて山に居る馬鹿を思い出すのだが……まぁ、何かしてくるようなら返り討ちにしよう。

「タタさんも、ここまで来てくれて嬉しいです。それにしても、まさかルーラまでここに居るとは思いませんでした。……懐かしいな。ギャレットさんに、タタさんとの事を報告した方が良いのかな？」

「大丈夫ですよ。ギャレット様も、私達の事は了承済みですし、応援してくれていますから。ただ、レーガン様からは言伝《ことづて》を預かっておりまして……ルーラに手を出したら殺すと。そうそう、私の事も呼び捨てにして下さいね。そうしてくれた方が、ワズ様のモノって感じがして、嬉しいので」

タタさん――タタが嬉しそうにそう言って、ふふふと微笑む。

その微笑みに心臓が高鳴るが、レーガンさんの言葉は否定しておきたい。

というか、ルーラが心配なら送り出さないか、一緒に付いてこいよ。

まぁ、それをしたら嫌われるかもしれんがな。

それに、ルーラも宿屋道の修業の一環なのだろうと思う。

宿屋道は、あの子を構成しているほぼ全てと言ってもいいだろうし。

「けれど、まさかナミニッサとナレリナも、そういう気持ちだったんだね。素直に嬉しいです。

……あれ？　これって、俺も王族になるって事なのかな？　……う～ん。貴族とか、そういう世界はよくわからないし、出来ればこのままが良いんだけど」

「その点は大丈夫ですよ。確かに王族の仲間入りはする事になりますが、父様達はそういうのは気にしませんし、後継ぎは兄様が居ますから。問題無く、このままの生活を送る事が出来ますよ。私達と楽しい日々を過ごしましょうね」

「そうそう。気にする必要は無いぞ。ただ、父上達はもう一度顔を見せに来いとは言っていたがな。

それに、もし貴族の連中が何か難癖をつけてきても、それはマーンボンド王家を敵に回すだけだ。

愚かな行為であると、身をもって知る事になるだろう」

こわっ！　一体何をしようというのか……恐ろしくて聞けない。

けれど、貴族の仲間入りをしなくてもいいのは助かるな。

何というか、今更貴族と言われてもピンとこないし、そういう風に振舞う事も出来ない。

このまま自分の思う通りにのんびりと過ごすのが、合っている気がする。

「キャシーさんも、一緒に居てくれるなら助かります。何か一緒に居ると安心するんですよね」

「え？　そうですか？　そう言って貰えると、こちらも嬉しいです。これから宜しくお願いしますね。あっ、私の事も呼び捨てで構いませんので」

にへら。と、俺とキャシーは緩みきった表情を浮かべる。

何かキャシーと一緒に居ると、心が安心するというか、安らぐというか、落ち着くんだよな。

キャシーは充分魅力的で、素敵な女性だと思う。

もう一度、にへら。と緩んだ笑みを浮かべる。

「ハオスイは、もう体の方は大丈夫なのか？　無理するんじゃないぞ。まだ充分で無いのなら、ここでもう少し休んでいくか？」

「……旦那様、優しい。でも大丈夫。もう万全」

ハオスイが、俺に向かって親指を立てる。

その姿は、どこか生き生きとしているように見えた。

こうして皆と共に居る事を、心から嬉しがっているように感じる。

俺も嬉しく感じ、この姿をずっと見ていたいと思った。

それにしても、急に戦いの場に現れたり、告白された事といい、色々と驚かされはしたが、皆無事である事にほっとしていると、ナミニッサが尋ねてくる。

「それでワズ様。これからどうされるつもりなのですか？　一応、私達もギオ王やマーラオ様から、この国の現状はお聞きしましたが」

俺が皆の顔を確認すると、その表情は覚悟が出来ていると感じられた。

だから俺は告げる。

「うん。ここで終わりだなんて、スッキリしないよね。だから俺は、南西の国へと出向いて、本当に獣人達を虐《しいた》げているようなら……ぶっ潰す」

「私達も共に行きますからね」

「わかっているよ。俺も皆と一緒に居たい。だから、これから頼りにさせて貰います」

『はい！』「……頼られて、頼る」

俺達は互いに笑みを向け合うが、ナレリナが何かを思い出すように頷き、悪戯《いたずら》をする時のような笑みを浮かべた。

「そういえば、まだ私達への気持ちをきちんと言葉にして貰っていないような気がするな？」

「そうだ！　そうだぁ～！　どう思っているのか教えろ～！」

うぐ……。

こう改められると照れ臭いが、皆も言ってくれたのだ。

俺も覚悟を決めよう。

「俺も好きです！　皆、俺が幸せにしてみせるから、これから宜しく！」

『私達も好きです！　こちらこそ宜しくお願いします』「……ます」

俺達は、皆顔を赤くする。

だが、不意に違和感が……ん？　あれ？

メアルを含めて、一、二、三、四、五、六、七……八？

あれ？　いつの間にか一人増えている？

3

増えていたのは……錯覚ではなかった。

俺の目の前には、メアル、サローナ、タタ、ナミニッサ、ナレリナ、キャシー、ハオスイ、そして……いつの間にか女神様が居る。

「……いつの間に入って来た！」

「ふふふ。ワズさんが居るところ、私在りです！」

そんな事を聞きたい訳ではない。

「ええと……。ワズ様。彼女は一体どなたなのでしょうか？　戦場にいきなり現れていたようですが」

困惑した表情を浮かべながら、ナミニッサが尋ねてくる。

もちろん、俺も困惑中だ。

本当に面倒事ばかり起こす神様である。

ただ、その態度で俺と女神様に何かあると思った皆は、女神様へとキツイ視線を向けた。

「ふふふ……。女神たる私に敵意を向けるとは。……覚悟は出来ているのでしょうね？」

そう言って、女神様がうきうきしながら変な構えを取る。

両手を上に上げ、片足を上げて……何かの動物だろうか？

というか、一体何しているんだと言いたい。

「女神？　はっ！　もう少しまともな嘘をつくんだな！」

落ち着いて！　一旦落ち着こうか、ナレリナ。

目に光が灯《とも》っていないよ？

やめよう。ねぇ、やめよう。

俺は喧嘩なんて見たくないよ。

……あれ？　もしかして俺が止めないといけないのかな？

「ちょ、ちょっと待って！」

俺が声をかけると、皆が一斉にぐりんとこちらへと視線を向ける。

怖いわっ！

「あの～……えっと。その人、一応そんなんでも本物なので。……本物の女神様なんです」

『無理に庇う必要は無いんですよ？』「……旦那様優しすぎる」
信じてくれねぇ～！　誰も信じてくれねぇ～！
ちょっ！　おい、女神様！
信じてくれないからって、落ち込んでいる場合じゃないからな！
「いやいや、本当なんで」
『えぇ～』「……怪しい」
なんで信じてくれないの？
さっきの戦いの時は、女神様が現れたら平伏していたじゃん！
というか、女神様よ。
本当にいつまで落ち込んでいんの？
いい加減立ち直りなさい！
このままじゃ、俺まで嘘吐き呼ばわりされるじゃないか！
……あれ？　ちょっと待って。
何か、今の女神様からは、登場時の神様オーラが感じられないんだけど？
俺は女神様へと近付き、こそっと尋ねた。
「……女神様、女神様。なんか神オーラを感じませんが、どうしたんですか？」
「……うぅ。誰も信じてくれないなんて」
駄目だ、コイツ。

俺の言葉を全然聞いてない……と思ったら、ぼそぼそと答えてくれた。

「……すみません。ちょっと封印を強化するのに、思いの外《ほか》、力を使いすぎてしまって……」

封印？　何の？

聞きたい気持ちはあるが、その事に触れると面倒な厄介事に巻き込まれそうだから……やめよ。

「ワズ様、離れて下さい！　そいつ抹消出来ません！」

だから、物騒な事言わない……ちょっと待って！

なんで物騒な殺意に変わってんの？

「と、とりあえず、皆落ち着いて！　本当に女神様なんだって！　一応、色々助け……助け……」

「ちょっ！　なんでそこで詰まるんですか！　私色々頑張りましたよ！　加護だって、出来る限りの強力なのをかけたのに！」

「あ～、そうそう。それがあった。加護かけて貰ってた。俺がここまで強くなって生きてこられたのは、この女神様の加護のおかげでもあるんだ。……色々不本意だけど」

俺の言葉に、女神様がふふ～んと胸を張る。

自慢しているようだけど、俺としては九割迷惑をかけられていると思っているんだけど。

……まぁ、言わないけどさ。

そんな女神様へと、皆はジト目を向けるが、物騒な殺意は引っ込めてくれた。

そして、サローナが俺に向かって尋ねる。

「……つまり、本物の女神様であると？　なら、ついでにもう一つ聞きたかったのだが、ワズさんの髪が真っ白になっていたのも、その女神様が関係しているのか？」

「え？　何それ？」

「デイズなる者を救った時、ワズさんの髪は、今の黒色から白色へと変わったのだ」

そんな事になっていたの？

けど、デイズを救った時となると、アレを使用した時という事か。

「あぁ、それは『神格化』の影響だね」

「……」

言っちゃうよねぇ〜。

この女神様は即言っちゃうよねぇ〜。

「しんかくか？」

タタが不思議そうな表情を見せる。

それは、この場に居る皆がそうだった。

まぁ、いいけどね。

皆に隠し事はしたくないし、俺のステータスもスキルも話そうと考えていたから。

ただ、ほぼ人外みたいなものだから、どう思われるかが怖いんだけど……。

そして俺は、皆にギルドカードを見せながら説明した。

……その結果。

「なるほど。ワズさんは桁違いに強いのだな」

「たくましいのですね。納得です」

「これは……ふふ。寧ろ、色々合点《がてん》しました」

「一度手合わせをお願いしたいな」

「凄いですね！　頼もしいです！」

「……鍛えて欲しい」

あれ？　何か普通に受け止めてる？

「その顔は、私達がワズさんの強さを知って、臆《おく》するとでも思ったのか？」

「ワズ様の強さを知っても、私達の想いは決して変わりませんよ」

「はい。寧ろ、包み隠さず教えてくれて嬉しいです」

「あぁ、もっと私達の事を信じて欲しいな」

「大丈夫ですよ。私達は、ずっと傍に居ますから」

「……私達は、旦那様の奥さん達」

その言葉に、俺はちょっと泣きそうになった。

「……ありがとう。……本当にありがとう」

俺達は自然と笑みを浮かべて見つめ合う。

「ちょっと！　私の事を忘れないで下さいよ！　ここに居るんですからね！」

視界を遮《さえぎ》るように、女神様が俺の前に現れた。

良い雰囲気だったのに。

「女神様、先程は疑ってしまい、誠に申し訳ございませんでした」

ナミニッサがそう言って頭を下げ、皆もそれに倣う。

女神様はその光景を見てご満悦だ。

「わかればいいのよ！　わかればいいのよ〜！」

デへへと笑って喜んでいた。

……ほんと、ちっとも女神らしくない。

「それで、女神様に一つお尋ねしたい事があるのですが？」

「ん〜、何かしら？」

女神様が唇に人差し指を当てて、こてんと首を傾げた。

……おい、調子に乗るな。

「ワズ様が、もし完全神格を得てしまった場合、寿命とかその辺りはどうなるのでしょうか？」

「ん？　寿命？　そんなの無くなるよ。だって、神だもん」

まぁ、そうなるよね。

それに、神格化が自分の意思で出来るようになってから、種族%がガリガリ下がってる気がする。

皆にギルドカードを見せた時は、怖くて確認出来なかった。

「……無くなる……ですか」

皆の表情が暗くなる。

「はっは〜ん。なるほど、なるほど」

すると、女神様が何かを察したようだ。

どゆ事？

「あなた達の心配は杞憂《きゆう》よ。ワズさんが神格を得ても、皆を自分の眷属にすれば、ずっと一緒に居られるわ」

『なら問題は何も無いですね！』「……万事解決」

いきなり皆笑顔になった。

しかし、それを心配していたのか。

けど、俺も皆と一緒に居られるというのなら、これ程嬉しい事はない。

神格を得てもいいかなぁ……。

「それに、ワズさんが神格を得れば、女神たる私もずっと一緒に居られるしね！　正にウィンウィン！」

……あれ？　なんだろう。

一気に神格を得たくなくなった。

そんな事を思っていると、女神様が俺へと振り向く。

「すみません、ワズさん。そろそろ活動限界なので、私は一度戻りますので。また、何か聞きたい事があれば、いつものようにして頂ければお答えしますので」

そう言って、女神様はにこっと微笑み、ずいっと近付いてくる。

「必ず！　……そう、必ず！　私はワズさんの下へ舞い戻ってきますので！　待っていて下さいね」

そして、女神様は俺のギルドカードの中へと、吸い込まれるように消えた。

……あっ、やっぱりそこに戻るんですね。

いえ、別にいいんですよ？

でも、他に戻りたい場所があるなら、こちらの方は蔑《ないがし》ろにして頂いて一向に構わないのですが。

そこんところ、どうなんだろう……。

俺がう～むと悩んでいると、ナミニッサが声をかけてきた。

どうやら、皆のリーダー的な位置に居るようである。

「女神様の事は一先《ひとま》ず措いておいて、今後、私達は南西の国に打って出る訳ですが、いつ頃向かうのでしょうか？」

「わかりました。では、私達も一旦休息ですね」

「そうだな。……とりあえず、デイズの意識が戻って、話を終えてからになると思うよ」

「そうだね」

俺がその言葉に頷くと、サローナの表情に怒りを感じる。

「どうかした？　サローナ」

「え？　いや何。その南西の国だが、話を聞く限りだと、獣人だけではなく、エルフやドワーフ等の亜人達を至る所から攫っているようで。……事実なら、どうにも許せんのだ」

「そこまでやってんの？　……結構大規模なんだな」

サローナの言葉には驚いたが、どうやら南西の国に対しては、皆好印象では無いようである。

「私も、とても許す事は出来ません」

タタもキレ気味だ。

美人が怒ると怖いよね。

「同じ人族と括《くく》られたくは無いな。即刻排除すべきだろう」

ナレリナの眉間《みけん》に皺《しわ》が寄る。

南西の国に対して、かなり嫌悪感を持ったようだ。

「実は私、ドワーフと人族とのハーフなんです。半分はドワーフの血が流れているからですかね。

怒り心頭です！」

キャシーが拳を握って、やる気を漲《みなぎ》らせている。

ちょっと待って。ドワーフのハーフだったの？

でもそんなのは関係無い。

キャシーは俺の嫁だ！

「……友達を泣かした。……殺す」

ハオスイがもの凄く怒っている。殺意満々だ。

これはあれか？　ハオスイ大暴れの予感。

……あれ？　俺の出番あるのかな。

俺が皆の怒りを感じていると、ナミニッサが宥めるように声をかけた。

「皆さん、今怒っても仕方ありません。その怒りは、その時まで取っておきましょう。それに、もう南西の国の命運は決まったようなもの。ワズ様とハオスイを敵に回した時点で、終わってるようなものだと思いませんか？」

その言葉に、皆の怒りが霧散する。

それもそうだと、納得したような笑みを浮かべた。

「さて、では私達も獣人の方々をお手伝いにし行きましょうか」

「手伝い？」

「はい。何しろ、この国は無理矢理戦争を起こそうとしていましたから、色々その弊害が出ていて内部は結構ガタガタなんですよ。少しでも早く元へと戻るように、私達もお手伝いしようと思っているのです」

「へぇ～。それは良いね。なら俺も、デイズが目覚めるまではそうしてようかな」

俺がそう言って、いざ動こうとベッドから降りてメアルを頭の上に乗せていると、皆は何故か戦いへと赴《おもむ》くような闘気を身に纏っていた。

……なんで？

「わかっているな、皆」

「ええ。時間で区切っての順番ですね」

「はい。では、その順番は公平にあみだくじにしましょう」

「そうだな。それなら問題無い」

「わ、私は何番でも良いんですけど?」

「……駄目。キャシーも奥さん。こういうのは皆一緒にやる」

どうも、俺と一緒に動く順番を決めているようである。

いや、皆一緒で良いんじゃないの？　と声をかけると、それも良いですが一人一人との時間も大事なのです！　と、押し切られた。

うむ。ならそうしよう。

俺は奥さん達の言う通りにしようと思う。

……決して、尻に敷かれている訳じゃないんだからね！

閑章　キャシー

私がワズさんと出会ったのは、森の中で襲われている時。

颯爽《さっそう》と現れて、瞬く間に敵を撃退したのには驚きました。

その行動は色々常識的な部分に欠けているようでしたが、そういうのも気にならないくらいに心惹《ひ》かれます。

騎士という職についてはいますが、やはり私も乙女という事でしょうか。

彼に守られたいという欲求が心の中に生まれます。

平凡な顔立ちだし、恋人は居ないようだったから、これはチャンスだと思いました。

しかし、それは甘い考えだったと言えます。

私が仕える主君であるナミニッサ様が、一目で惚《ほ》れたのがわかったからです。

これは……さすがに私が手を出す訳にはいかない。私はナミニッサ様を支える騎士なのだから。

だが、私の心はワズさんを求めてしまいます。

何より、ワズさんの突飛な行動は見ていて楽しかった。

私もその輪の中に入りたいと思う程に……。

でも、私はその輪の中に入ろうとはしませんでした。

そうしなかったのには理由があります。

私の姿ははっきり言ってしまえば、ずんぐりむっくりでした。

でも、私にとってはこれで普通。

父は普通の人族、そして母はドワーフで、私はその二人の子供。

つまり、ドワーフのハーフでした。

私の出自を知っているナミニッサ様達なら気にしないでしょうが、その事を知らない人達から見れば、身長の小ささもあって太っているように見えるでしょう。

それは、私にとってコンプレックスであり、こういう時自分から動けない理由になります。

母は、そんなモノ気にするだけ損だと、快活に言っていましたが、私はそう思えませんでした。

……だからでしょうか。

私がもし誰かの奥さんになった時のため、せめて家事は完璧にやってみせようと母から色々学びました。それが今まで役に立った事はありませんが。

けれど、そんな私の心中をナミニッサ様は知っていて、こう言われました。

「大丈夫よ、キャシー。ワズ様なら、きっとあなたも受け入れてくれる。私の事を気にして臆《おく》しては駄目よ。それに、私と姉様はワズ様のハーレム入りを目指していますから、キャシーも一緒だと嬉しいわ」と。

そう言われても、私はその時、身を引こうと考えていました。

ただ、最後の思い出作りとして、城の部屋で眠るワズさんの世話を焼きます。

目覚めたワズさんの身の回りの事を手伝い、気分は若奥様でした。

ワズさんも緩んだ表情を見せてくれます。

それが嬉しくて……嬉しくて……。

私はワズさんへの想いを諦める事が出来なくなりました。

ハーレム入りは出来なくていいから、傍《そば》に居たいと思ったのです。

だから、ナミニッサ様達と共にワズさんの後を追う事にしました。

ワズさんのハーレムメンバー候補であるサローナとタタ……そしてハオスイは本当に良い人で、私の事も応援してくれます。

きっとワズさんなら、私の事を受け入れてくれるだろうと。

奇《く》しくも、皆さんがナミニッサ様と同じ事を言いました。

だから、私も正直に自分の事をワズさんに伝えようと思ったのです。

母も言っていました。

「女は度胸と愛嬌！」と。

そして、獣人の国での戦いが終わり、私は皆と共にワズさんへと想いを告げました。

最初は驚いていたようだけど、皆さんと共に私の事も受け入れてくれます。

それに、一緒に居て安らげるって。

ふふふ。

大丈夫でしょうか？

顔がにやけていそうな気がします。

その後に、女神様の事とか色々ありましたが、私がドワーフのハーフである事もそれとなく伝えます。

その言葉を聞いたワズさんは、一瞬「え？　そうなの？」みたいな表情を浮かべましたが、普通に受け入れていました。

こんな人も居るんですね。

そして、こんな人に出会えた事を神様に感謝しました。

女神様を知った後なだけに、少々感謝する意味あったのだろうかと思ってしまったのは秘密です。

それに、私に色々教えてくれた母にも感謝しました。

母が父と出会ったように、私もワズさんと出会う事が出来たのです。

いつか、皆と共に両親の下《もと》へと行って、結婚の報告をしたいと思いました。

私の事を受け入れてくれた、自慢の夫です！　と。

秘章　神達の泥沼の戦い

「たっだいまぁ〜！」

　女神たる私は、ワズさんのギルドカード内へと元気良く戻ってきました。

　ワズさんの唇は奪えませんでしたが、お姿を拝見する事は出来ましたし、神格化状態も見る事が出来たのです。

　あぁ〜、素敵だったなぁ……。

　ですが、私の目の前には屍《しかばね》が三つ程転がっていました。

「……あれ？　お返事が無い。皆さん元気無いですね。どうされたんですか？」

「「「……」」」

　ふむ。

「返事がありませんね。これは、只《ただ》の神の抜け殻という事ですか」

　その言葉に、三つの屍が反応します。

「……あなたが、七並べに勝ったからと……そして勝者の当然の権利と言って」

「……顕現《けんげん》するために、私達の力を無理矢理……根こそぎ奪っていったからだろうが」

「……死ぬ。……もう死ぬ」

「嫌ですね～。神たる私達が、その程度の事で死ぬ訳無いじゃないですか。それに、皆さんの力のおかげで顕現出来たんですから、もっと誇っても良いんですよ？　それにそれに、封印も強化してきましたから！　これでしばらくは大丈夫です！」

私は笑みを浮かべて両手でピースサインを作り、大地母神さん、戦女神さん、海女神さんへと向けますが、誰もが顔を伏せていて見てくれません。

むぅ～。

「本当にどうしたんですか、皆さん。封印の強化は皆さんのおかげなんですよ？　もっと喜んでくれても良いじゃありませんか」

私が素直に感謝してお礼を告げているというのに、その態度は何なんですか！

憤《いきどお》っていると、皆さんが顔を上げて恨みがましい視線を向けてきます。

「そんな事は良いから、さっさと力を返してくれないかしら？」

「そ、そうだ。いい加減辛《つら》いんだから、早くしろ」

「……お願い、早く」

そう懇願されて、私は笑みを浮かべます。

「えぇ～、どうしよっかなぁ。そもそも、折角一つにした力を分散する事に意味なんてあるんですか？　このまま私が力を得ておけば、いざという時に颯爽と登場出来ますし、敗者である三つの屍も何も出来な――」

「コロス！」

「マジコロス！」

「ホンキデコロス！」

私の言葉の途中で、三つの屍が一気に立ち上がって襲いかかってきました。

嫌だ皆さん、目から光が失われていますよ。

そして私は、三つの屍に組み敷かれてしまいました。

「嫌ぁ～！　犯されるぅ～！」

「変な事を言わないで下さい！　力を返して貰うだけです！」

「えぇいっ！　暴れるな！　この！　大人しくしろっ！」

「神妙にお縄に付きなさい！　悪いようにはしないから！」

す、吸われる～！　力が吸われる～！　くっ！

私も必死に抵抗しますが、一対三では勝ち目がありません。

奪った力の全てが、取り戻されていってしまいます。

おのれぇ～……。


「はぁ……はぁ……」

急激に力を失い、息も絶え絶えな私の前には、元の体調に戻った皆さんが立っていました。

「ふぅ。……やっと元の状態に戻れました」

「全く、お前は自業自得だからな」

「寧《むし》ろ、あなたの力は、元々のままに残しておいたのだから、感謝して欲しいわ」

くっ……。覚えておきなさい。

この報いはいずれまた……。

「さて、力も戻った事だし」

「次はお仕置きの時間だな」

「ふふふ……楽しみね」

「な、なんでですか！　力は返したのに、なんでそうなるんですか！」

私は勢いよく立ち上がり、一気に皆さんへと詰め寄ります。

「「「わからないとでも？」」」

……え？

……はっはぁ～ん。さては、私だけがワズさんと会った事を妬《や》いているんですね。

「……ふっ。こんな感じでしょうか？　負け犬の遠吠えって」

「「「……」」」

私が勝者として、優雅に微笑《ほほえ》みを浮かべながらその事実を突きつけると、皆さんが無言で詰め寄り、舌打ちしながらメンチをきってきます。

嫌ですね。皆さん野蛮になっていますよ。

「……こほん。それで、本当に興味本意で聞くのですが、私にどのような罰を与えようというのですか？」

「大地に植えます」

「武器の切れ味を試す」

「重りを付けて、海にダイブ」

……なるほど。戦女神さんと海女神さんは、確実に私を殺しにきていますね。

彼女達は要注意です。

「な、なるほどなるほど」

……ビビってませんよ。

「ですが、そう簡単に私が罰を受けるとでも？　もちろん、目一杯の抵抗をさせて貰いますからね」

「そう言うと思ったわ」

「だから、もし私達との勝負に負けたら」

「大人しく罰を受けて貰う」

「……勝負？　……ですか？」

「「「そう！　これで勝負だっ！」」」

そう言って、皆さんが用意した勝負とは……『神生ゲーム・無印』でした。

なるほど。そうきましたか。

神生ゲームはその名の通り、神として過ごす日々をボードゲーム化したもので、最大八柱まで参加可能な、年の初めに神々がよく遊ぶゲームです。

しかし、そのゲーム自体の種類は豊富にあり、中でも無印は余りの無慈悲さに生産中止で、入手困難だったはずなのですが……。

「まさか、持っていたとは……」

「いえ、これはあの子の持ち物です」

その言葉に、私は固まってしまいます。

「……死にたいんですか、皆さん」

「な、なぁに！　ばれなければ問題無いさ！」

「そ、そうよ！」

少しの間黙した後、顔を見合わせて頷《うなず》き合います。

「「「「この事は内密に！」」」」

そして私達は、早速ゲームを始めました。

このゲームは、コマが『雲』、お金の部分が『信者』となり、マス目によってそれが増減し、最初は百名の信者から始まります。

勝敗は、誰かが上がった時点での信者数で決まり、最初に上がった神にはボーナスとして『創世神』の称号と、五千万人の信者が与えられる。

簡単に言ってしまえば、たったそれだけのゲーム。

ですが、何故か熱くなるのです。

そして私達は、テーブルの上にボードを広げ、ゲーム用の小物を用意して準備完了しました。

「では、まず私から」

私はダイスを手に取り、それを空中へと放り投げます。

「この一投に全てを賭ける！」

ダイスが落ち、示される数字は『三』でした。

「一、二、三……。ぐっ。禁断の果実を自分で食べてしまう。人類が馬鹿のままで進化出来ず。もう一度、実がなるまで待つので……一回休み。……そんな～！」

「ふふふ……。いつも通りの食い意地ですね」

「当然の結果だな」

「この食いしん坊さん」

食いしん坊じゃないもん！

甘い物が好きなだけだもん！

そして、大地母神さんがダイスを振ります。

「次は私ですね。えいっ！　……えっと『二』。……隕石の衝突により、世界の全火山、全海底火山が一斉に噴火。……生きとし生ける者全てが滅亡したため……スタートに戻る」

「これこそ普段の行いが悪いからですね」

「これこそ普段の行いだな」

「これこそ普段の行い通りだな」

「皆、敵よぉ～！」

何を今更。

これは、こういうゲームなんですよ。

次に戦女神さんがダイスを振ります。

「よっし！　私の番だな！　ちぇい！　……『二』か。え～何々。……もう少し神として働いて下さい……。苦情かよ！」

「まぁ、戦女神さんですし」

「安定のニートですね」

「予定調和」

「私が戦うためには色々制約があるんだよ～！　好きで戦わないいんじゃないいんだ～！」

はいはい。大抵、戦《いくさ》を司る神はそう言うんですよね。

最後に、海女神さんがダイスを振ります。

「私ね。それっ……『六』。……えっと、大海に魔物が大量発生。信者全てが海を呪い……離れていく……。海に関する神の場合、信者全てを……没収。陸に関する神に五百名の信者が増える……」

「はい！　没収～！」

「皆！　大地にお帰り！」

「早く手放せ！」

「誰か夢だと言って～！」

まだまだ勝負は始まったばかり。

負けません。負けませんよ。

そして勝った暁《あかつき》には、再び力を寄こして貰いましょう。

ふふ。

ふふふ。

ふはははは っ！

「女神さん。顔がにやけてますよ」

「……気持ち悪い」

「良からぬ事を考えてそうですね」

うるさいですよ、皆さん。

第四章　いざ、南西の国へ

1

俺達は、自分達で出来る範囲で獣人の国の立て直しを手伝った。

サローナは、何やら洗濯を勉強中らしく、獣人のメイドさん達と共にゴシゴシしている。

俺もそれを手伝い、きちんと手加減して汚れた衣服を綺麗にしていく。

ふっ、こんなもの。山での生活で何度もしたさ。

問題無い。問題無い。

ただ、サローナは時折ビリッという音を出している。

……笑顔で返しておいた。

大丈夫。失敗は誰にでもあるって。

俺とサローナは、二人仲良く並んでゴシゴシした。

タタは、万能すぎる。

料理も洗濯も清掃も、全てをそつなくこなし、王城に勤めているメイドさん達も驚いていた。

あれ？　俺必要？

それでも、俺と一緒にやる事に意味があると言って、終始笑顔である。

俺もその笑顔を見ているだけで嬉しくなり、積極的にタタを手伝う。

時折、俺とタタの手が触れ合い、互いに顔を真っ赤にした。

ナミニッサは、今料理を頑張っているそうだ。

もちろん、俺も手伝う。

山での生活で自炊していたので、そこそこ自信はあったのだが、ナミニッサの腕前も中々だと思う。味付けは難しいけど、切るぐらいなら手伝えるんだからね。

最終的には試食をお願いされたけど……美味しかったよ。

そりゃもう、絶品です。

俺が美味しそうな表情を浮かべていると、ナミニッサも幸せそうに笑みを浮かべていた。

その笑顔で、ごちです。

ただ、他の皆は不思議そうな表情を見せていた。あれ？

ナレリナは、今清掃の修業中なんだそうだ。

だから俺も一緒に頑張る。

ふっふっふっ。これでも綺麗好きな俺だ。

丁寧に……きちんと……隅々《すみずみ》まで……。

しかし、ナレリナはまだまだ力加減が上手く出来ないようだ。

だから俺は、自分の手をナレリナの手の上に添えて、力加減を教えていく。

優しく。優しく。

だが、ナレリナは顔を真っ赤にして、体がガチガチに固まっていたが……ちゃんと教えられただろうか？

……まぁ、次に期待である。

キャシーもまた、完璧超人だった。

考えうる限りの、家庭的と名の付く行動の全てを完璧にこなすのだ。

その上、その行動の速度も速く、俺が手伝う前に終わらせてしまうのである。

キャシーからは気にせず休んでいて下さいと言われたが、気にしてしまう。

いつかリベンジだ。

ただ、俺が動く方が気になるようなので、今回はそのお言葉に甘えて休む事にした。

キャシーもお手伝いを終え、俺と一緒にのんびり過ごす。

は〜、紅茶が美味い。

ハオスイは、拗《す》ねていた。

そもそも、その名は獣人達の間でもかなり広まっていて、ハオスイが手伝おうとしても、勇者様にやらせる訳にはいきませんと全ての手伝いを断られてしまったのである。

ハオスイが体育座りで拗ねる姿は可愛いのだが、奥さんになるのだから色々覚えていきたいのにと言われた。

さすがにこのままではいけないと、俺達の衣服を洗濯したり、俺達だけが食べるお菓子を作ったり、俺が使っている部屋の清掃なんかを一緒に行う。

もちろん、ハオスイの技量はまだまだ始めたばかりなので失敗もするのだが、終始笑顔だったので、俺もその笑顔を見ているだけで楽しかった。

やる気も充分だったので、きっと直《す》ぐに上達するだろうと思う。

そしてメアルも、自分に出来る事をしていた。

小さな荷物や郵便物、報告書等をパタパタと飛んで運んでいく。

自分にも出来る事があって嬉しいのか、常に上機嫌だった。

もちろん、寝る時は俺と一緒で、メアルを抱き締めながら快適に眠る。

それと、ユユナ、ルルナの双子エルフには終始からかわれた。

まぁ、祝福してくれている気持ちも感じられるため、俺は特に怒る事も無かったのだが、サローナは顔を真っ赤にして双子を追いかけまわすのである。

恥ずかしがっているだけなのだが、双子の容赦無いからかいに時折本気で怒っていた。

……双子も命懸けでからかっているのだろう。

猫の獣人であるネニャさんは、タタに祝福の言葉を投げかけ、俺にも良かったですねと嬉しそうな笑みを向けてくれた。

どうやら、俺とタタが再び出会えた事が本当に嬉しいらしい。

そんなネニャさんに、一生を賭けてタタを守るからと伝えると、お願いしますと頭を下げられる。

ただ、他の奥さんもちゃんと守って下さいねと、窘《たしな》められた。

俺とネニャさんの、この約束は絶対守ってみせる。

そしてもう一人、宿屋の娘であるルーラはというと……もの凄いテンションの高さだった。

なんでも、ここに来るまでに見学した宿屋が素晴らしかったらしく、色々勉強になったそうだ。

……もちろん、今回も宿屋道を説かれた。

勘弁して下さい。

ただ、ルーラにとっても実入りの多い旅だったので、良かったねと頭を撫でておく。

ルーラはメアルと行動を共にする事が多く、この獣人の国でも既にマスコット的人気を獲得していた。

この順応力は見習いたいと思う。

そして、公的には皆と婚姻を結んだ訳ではないが、今の関係は夫婦未満恋人以上と言ったところだろうか。

そうなってくると、もちろんそういう事をしたくはなるのだが、今は色々バタバタしているというのもあり、落ち着いてからという事にした。

これは、皆とも話し合った結果である。

なので、俺と皆は過剰な事を求めたりはしないようにしていたけど、手を繋《つな》いだり、腕を組んだりとかは普通にしていて、そうして言葉を交わしていって、俺的にはそれだけでも充分心が満たされた。

少しずつ、お互いを理解していっている感じが嬉しい。

俺も皆の事を日毎《ひごと》に少しずつ知っていけて楽しかった。


デイズが目覚めるまでの、そんな時間を過ごしていたある日の朝。

「おはようございます。ワズ様」

そんな言葉が耳に届き、俺はゆっくりと目を開ける。

そこには、執事の格好をした胡散《うさん》臭い男が涼しい表情で立っていた。

その男を視界に入れた瞬間、俺はベッドから跳ね起き、殴りかかったのだがその拳《こぶし》は避《よ》けられてしまう。

ちっ。いくら手加減したとはいえ、避けるんじゃねぇよ。

「……何の用だ。フロイド」

俺がそう問うと、フロイドはふむと頷いた。

「はて？　何故私はワズ様に殴りかかられたのでしょうか？」

「心当たりはいくらでもあると思うが？」

「ふむ……………。私はワズ様のためになる事しか致しておりませんな」

「……本気でそう思っているのが、お前の怖いところの一つだな」

「執事ですので」

「お前。それ言っとけば全て片付くと思っているだろ？」

このままコイツに構っていても仕方ない。

俺は用意されていた湯で体を拭くと、軽く身支度を整える。

最後に、眠りこけているメアルを頭の上に乗せると、フロイドに視線を向けた。

「それで、どうしてお前がここに居るんだ？」

「はい。デイズ様が意識を取り戻しました」

「……最初に言って」

俺は溜息を吐《つ》いてから部屋を出る。

デイズは目覚めたばかりという事で、未《いま》だ救護室に居るようだ。

皆も救護室に集まっているそうで、俺が最後らしい。

いやいや、俺待ちって……。

絶対フロイドの企《たくら》みだと思う。

そうして救護室へと辿《たど》り着き、中へと入ると、巨大なベッドの上で上半身を起こしているデイズと、その周囲にギオ王とその奥さんである王妃様、マーラオとデイズの奥さんが居て、デイズと対面するような位置に皆やグレイブさんが居た。

王妃様とデイズの奥さんは、もの凄く綺麗な容姿の獣人さんで、王城で厄介になる時に挨拶を交わしている。

非常に優しい性格の人達で、強硬派を止めた事とデイズを救い出した事を感謝されたっけ。

俺は皆と軽く挨拶を交わしてから、デイズへと視線を向ける。

「……初めましてでいいのかな？」

「いや、記憶は残っている。私の凶行を止めてくれて非常に感謝している。危うく、同胞を絶滅へと導くような大変な事を仕出かすところだった。止めて頂き、誠に感謝する。そして、迷惑をかけたようで申し訳ない」

「いいよ。気にしないでくれ。それで、赤玉の影響は無いか？」

「……赤玉か。そのあたりの事情はワズ殿が来る前に聞いた。確かに、黒ずくめの商人から渡された物で、そのような物に支配されていたとは情けない。……あぁ、もちろん影響は残っていない。こうして横になっているのは、まだ体力が万全ではないだけだ」

……ふむ。確かに俺の診立《みた》てでも赤玉の影響は無いようだ。

まぁ、もし残っていたとしても、神格化して対処するだけだしな。

俺が問題無いだろうと結論付けていると、ギオ王が話しかけてきた。

「それで、ワズ殿。皆さんにお聞きしましたが、南西の国へと向かうというのは事実なのでしょうか？」

「え？　あぁ、はい。その通りですよ。ここまで関わったのですから、どれ程の人達を助けられるかはわかりませんが、攫《さら》われた獣人達を救いに行こうと思っています」

「そうですか。私にワズ殿を止める権利はございませんし、そもそも、そうして頂けるだけでもどれ程助かるか……。正直申せば、国としては全面衝突か、他国にすがるしかないのが現状でして……」

「なら、もう少しだけ待っていて下さい。俺達がどうにかしますから」

「弟を降《くだ》したワズ殿がそう言っていると言えば、殺気立っている者達も少しは落ち着く事が出来ましょう。……ですが、本当によろしいのですか？」

「ええ。それに皆もやる気ですから」

そう言って、俺は皆へと視線を向けると、肯定するように頷いていた。

「……どうしてそこまでして下さるのでしょうか？　私達はワズ殿に対して、特に何かをしたという訳でもないのに」

「そこまで難しい話ではないですよ。救いたいと思ったから、そうするまでです。俺には……いや、俺と皆にはそれが出来るだけの力がありますから」

本当にそう思っただけなので、俺は自分の中にある、救いたいと思う気持ちをギオ王へと伝える。

暫《しばら》くの間、互いの視線が交錯し、ギオ王が息を吐いた。

「……本当に、ただそれだけの気持ちで獣人を救おうというのですね。……真《まこと》にご立派な御方だ。……さすが女神様の使いなだけありますな」

……ん？　んん？

今何か不穏な言葉が聞こえたんだけど。

「えっと……今何て？」

「え？　ですから、ご立派であると……」

「いえ、その後です」

「さすが女神様の使いなだけあると」

……何か女神様の使いって事になってる！

そんなのになった覚えは一切ありませんけど！

……何故だろう。そう言われている俺を見て、嬉しそうににやにやしている女神様の姿が想像出来てしまう！


その時、ギルドカード内では――。

「ハッ！　何か重要な言葉を聞き逃した気がする！　そう！　この機会を逃せば、一生後悔するような！」

「はいはい。そんな事言っても誤魔化されませんよ」

「そうだそうだ！　今止まったマス目は、食糧危機で信者半減だろ！　早く減らせよ！」

「さっさと持ち信者を半分にしなさい！」

「本当なんだってば～！」


唐突に、危機的状況を回避した気分になった。

とりあえず、その呼び方は女神様に対して不敬であるとか言って、今後呼ばないように念押ししておこう。

俺がうんうん唸《うな》っていると、デイズが話しかけてくる。

「その道程に、私も加えて貰《もら》えないだろうか？」

「え？　それはまぁ、別に構わないですけど、体調は大丈夫ですか？」

「そうだな。二、三日程休めば問題無いだろう」

「そうですか」

まぁ、今更一人増えたからといって、特に問題にはならないだろう。

やはり、南西の国に攫われた娘が心配なのだろうし、居ても立ってもいられないといったところか。

それに、今はデイズを敵だとは思っていない。

結局は、赤玉が原因なのだし、それを追及してしまえばハオスイだってそうだったのだから、そこを責めるつもりは毛頭無いのである。

それと、人族である俺達が助けにいくにしても、その中に獣人が居た方が色々スムーズだと思う。

というか、俺が勝手に決めて良かったのだろうかと、皆へと視線を向けると、問題無いと頷いていた。

念のため、ギオ王やデイズの奥さんにも確認してみたが、どうぞ宜しくお願いしますと言われる。

「では、デイズの体調が戻り次第、南西の国へと向かうという事で」

俺がそう締め括《くく》って、この場は解散となった。

デイズとその奥さんを残して、俺達は救護室を出ていく。

そして、それぞれが獣人の国を立て直すためのお手伝いへと向かう中、俺はふと足を止めて考える。

確かに、皆の力を総合的に考えれば、この世界においても上位であると言っていいだろう。

俺は元より、サローナの魔法と剣技を合わせた戦い方は充分強いと思うし、タタはまだまだ発展途上ではあるが、最低限自分の身を守る事も出来るようになっている。

ナミニッサの結界魔法を破るのは難しいだろうし、ナレリナの剣技を超える者もそう居ないだろう。

キャシーの戦い方は平原での戦闘を思い出す限り、攻防のバランスが良く、そう簡単にはやられないと思うし、ハオスイは……まぁ、普通に考えれば、誰かにやられるとは思えない。

今後の課題は色々あるが、皆の強さを考えれば南西の国に赴《おもむ》いても問題無いと考える。

それに、フロイド、グレイブさん、デイズも同行するのだし、いざ戦闘になったとしても、そう危機には陥らないと思う。

しかし、世の中には念には念をという言葉もあるので、予期せぬ危機に陥った場合の事を考えて、もう少し戦力アップをして万全を期したいという思いがあった。

ただ、だからといって大人数で向かっても動きにくくなるだけだ。

万全を期すという意味で、もし今のメンバーに追加するのであれば二、三人ぐらいだろうか。

それも生半可な力の持ち主では駄目だ。

それこそ俺レベルとは言わないが、きちんと自分の身を守れて、それでいて攻撃力にも優れていて……経験豊富な……おや？

……そうだな。例えば、どっかの龍王さんとか、有名らしい骸骨とか、歳の割に強そうな獣人とか、馬鹿エルフとか……。

俺はぽんっと手を打って呟《つぶや》く。

「そうだな。いざって時のために、あいつらを生けに……協力して貰うか」

そして俺は、皆に協力者を連れて来ると一言断ってから、中央の山へと向かった。

2

ひとっ飛びで山へと辿り着く。

それが可能な自分のステータスが恐ろしいが、時間をかけられない今は非常に頼もしい。

これなら、明日には皆の下へと帰る事が出来るだろう。

そして、頭の上に居るメアルのペシペシ指示の下、俺は目的地を目指した。

まずは龍王・ラグニールの居城へと向かったのだが、城門をこそっと開けた先に居たのは、変わらず城の清掃を行っている姿である。

どうやら、未だ許されてはいないらしい。

……その姿は、いつ見ても同じ男として哀愁を誘う。

俺は城門をそっと閉めて、この場を去った。

早く解放される事を願って……。

……決して、俺も巻き込まれないようにしたからではない。

次の目的地は、金獅子《きんじし》の獣人である「ガイン」だ。

選んだ理由は、距離的に一番近いという事だけ。

そして辿り着いた場所にあったのは、普通の木造家屋だった。

山の上部に僅《わず》かにある木々の中に、隠れるようにしてある。

しかし、場所的には明らかに異質。

ガインが自分で建てたのだろうか？　……なんとも器用な。

俺はその木造家屋へと近付き、扉をノックした。

「ほいほい。どなたかの？　今日は来客が多いの」

木造家屋の中からそのような声が聞こえ、扉が開かれる。

そこに現れたのは、見間違えようが無い程の、眩《まぶ》しく輝く金色――ガインだった。

「よっ！」

俺が軽く挨拶をすると、即座に扉が閉められる。

「留守じゃ！　この家屋の主《あるじ》は只今《ただいま》留守にしているのじゃ！」

……。

いやいや、居たやん。俺挨拶したやん。

「……今、目が合ったよね？」

「現在、この家屋の主は留守にしております。御用のある方は、改めて訪問し直すか、メッセージをお残し下さい」

「……」

「……メッセージは無しですね。では、改めての訪問をお願いします」

「……」

「……」

「……」

何も言わずに立っていると、扉がゆっくりと開かれた。

「どうか！　どうか、命だけはぁ～！」

地面に頭を擦《こす》りつけているガインが現れた。

前の時も思ったけど、お前らは俺をどういう風に見ているんだと問いたい。

俺は頭を掻きながら溜息を吐く。

「……はぁ。別にそういう目的でここに来た訳じゃねぇよ。ちょっと協力して欲しい事があるだけだ」

「本当か！　それは本当か！　天地神明に誓えるか！」

ガインが必死な形相で訴えてくる。

……本当に俺の事をどう思っているのだろうか。

「はいはい。誓う誓う。だから、まずは中に入れてくれ。ここで立ち話するような内容じゃないから」

「う、うむ。なら、仕方ないのぅ」

そうして、俺はガインに促《うなが》されながら木造家屋の中へと入る。

木造家屋の中は、使い勝手が良さそうな調度品が置かれ、埃《ほこり》一つ無く、床にはもふもふのカーペットが敷かれていて、スリッパまであった。

土足禁止じゃからな！　と、ガインからかなり念押しされる。

なんというか、見た目に反してマメなのだろうか？　……まぁいいか。

そして、ガインの案内でリビングへと向かうと、そこにはネクロマンサーの「ニール」と、自らをハイ・エロフと名乗る馬鹿エルフである「ルト」が居た。

二人は、優雅に紅茶を飲みながら談笑している……いや、ニールは飲んでいる振りか。

テーブルの上には、ガインが飲んでいたであろう紅茶のカップも残っていた。

……お茶会？　お茶会なの？

何だろう。本当にこいつ等の行動が読めない。

そんな二人も俺の姿を確認すると、ピシッと固まった。

「ど、どどどどどうして……ワズがここに居るんじゃ？　はっ！　まさか、薬が効かんかったとか？　……不味《まず》い。死ぬ。わし今日死ぬ！」

「い、いいいいいいいやだな、ニール。そ、そんな訳無いだろう……。そ、そうだ！　きっと酔ったんだ！　酔っぱらって幻覚を見ているだけだ！」

いやいや、君達が飲んでいたのは紅茶ですよ？

それとも、君達は紅茶で酔う体質なのかな？

しかし、これは丁度良い。

協力を仰《あお》ごうとした者達の内、三人が揃っている。

手間が省けた。

「何を勘違いしているのかは知らないが、ここには協力を仰ぎに来ただけだ。それと、ニールが作った薬はきちんと効いたから問題無いぞ。寧ろ、感謝するのはこっちだ。ありがとう」

俺がそう告げると、ニールは安堵《あんど》したのか胸を撫で下ろす。

「ほっ……。それは良かったわい。……それで協力とは一体何じゃ？」

「あぁ、それは」

俺が話しだそうとすると、ガインが空のカップを持って現れる。

「ほれ。ワズの分じゃ。まぁ、まずは席に着いて落ち着こうではないか。ワズが我等に協力を求めるとは、余程の事なのじゃろう」

本当にマメだな。

「……いや、別に居なくても良いんだけど、念のためってところかな」

俺はそう言って席に着き、用意された紅茶を一口分飲んでから、ガイン達に獣人の国の状況と南西の国の横暴を話していく……。

「良し。その国滅ぼそう！　我は協力するぞ！」

「ふぅむ。山の外ではそんな事が起こっておったのか」

「なかなか大変な事になっているようだな」

俺の話を聞き終わったガイン、ニール、ルトの感想がそれである。

獣人が襲われているとあってガインは乗り気なのだが、ニールとルトは余り乗り気じゃないというか、他人事のように感じているようだ。

まぁ、実際その通りなのだが……。

ガインは二人も共に行こうと誘うのだが、ニールもルトもう～むと悩む素振りを見せて、いく気は無いように見える。

二人共いく気が無い事がわかると、ガインが困ったように俺へと視線を向けてきた。

……こういう時は素直に頼るんだな。

確かにガインの協力だけでもありがたいが、出来れば俺もこの二人も引っ張り込みたい。

なので、俺はどうにか出来ないかと考え、にやりと笑った。

「ニールとルトは協力する気は無いって事か？」

「そうだのぅ。やりかけの研究もあるし、出来ればそっちに時間を割《さ》きたいの」

「エルフが関わっていないのなら、私が出向く必要は無い」

「そっかそっか……。まぁ、無理強《じ》いしても仕方ないか」

俺はそう言って席を立ち、小さく呟く。

「……南西の国では、かなり死者も出ていると聞く。きっと浮かばれない女性の骸骨も居るんだろうなぁ……」

ピクッとニールが反応した。

「……そういえば、南西の国が攫っている人種は亜人が多いと聞く。その中にはもちろんエルフも居るそうだ」

ピクッとルトが反応した。

そして、ニールとルトがガタッと席を立つ。

ニールが片手で顔を隠しながら告げる。

「何を言っておる、ワズよ。非道な行いを見過ごすつもりなど、わしには毛頭無いわ。この山の上位者の一人として、少々お灸《きゅう》を据《す》えてやろうかのぅ。いざ！　南西の国へ共に行こうではないか！」

ルトが髪を掻き上げながら告げる。

「ふっ……。風向きが変わった。いいだろう、私も同行しようではないか。他ならぬ、私達の友であるワズの願いだ。喜んで協力しようではないか」

はいはい。言ってろ言ってろ。

ニールとルトが考えている事が手に取るように理解出来た。

二人の言葉に、ガインも嬉しそうな笑みを浮かべる。

まぁ、いいけど。

すると、ニールが俺へと尋ねてくる。

「わし等がいくのは決定事項じゃが、ラグニールはどうするんじゃ？」

その問いに、俺はそっと視線を逸《そ》らし、辛そうな表情を浮かべる。

「……あいつは……未だ」

「……そうか。……何も言うでない。……きっと、男として……いや、夫としての務めを果たしているのであろう。……きっと、無事な姿でわし等の前に現れてくれるはずじゃ」

「あぁ、そうだな。……あいつならきっと……乗り越えられるはずだ」

俺とニールは、ラグニールの事を信じて頷き合う。

ガインとルトも男臭い笑みを浮かべていた。

そして俺は、ガイン、ニール、ルトの三人を伴《ともな》って獣人の国の首都へと急ぎ戻る。

まぁ、この三人に俺と同じ速度を出せというのも酷なので、ペースは三人に合わせた。

けれど、この三人の強さは俺も認めているので、かなりの速度で獣人の国へと戻る事が出来、翌日の昼頃には王城へと戻る。

そして、皆にガイン達の事を紹介したのだが、ガインの姿を見て驚く人達が居た。

「「父上！」」

「おぉ！　久しいの、ギオにデイズよ！」

なんと、ガインはギオ王とデイズの父親だったのです。

ギオ王達に聞いてみると、ガインは間違いなく二人の父親なのだそうだ。

なんでも、獣人の国で敵無しになったガインは、強き者を求めて世界各地を放浪していて、偶《たま》にしか帰って来ないそうで、ここ数年は帰って来ていなかったらしい。

おいおい、その間に大変な事になっていましたよ、ガイン。

……待てよ。

攫われている獣人の中にデイズの娘が居るという事は、それは当然ガインの孫娘という事か。

本当に何やってんだよ、ガインお爺《じい》ちゃん。

今回は俺のおかげで獣人の国の危機に間に合った訳だし、感謝してくれても良いよ？

ガインがギオ王達と話している間に、ニールとルトを皆へと紹介しておく。

最初は皆――ハオスイ以外は――余りに常軌を逸した存在に萎縮《いしゅく》していたのだが、俺の知り合いだと告げると、普通に受け入れていた。

あれ？　それって遠回しに俺も常軌を逸しているって言ってない？

……いや違う。きっと皆俺の事を信じてくれているのだ。……きっとそうだ。

まぁ、ニールに関しては、ナミニッサ、ナレリナ、キャシーの三人が感謝の言葉を述べ、それに合わせて親睦を深めていっているのだが、ここで問題が起こる。

ルトがサローナとルルナを見つけたのだ。

「おぉ、美しいお嬢さん達！　どうだ？　今晩、私と一緒に寝」

ルトのテンションがおかしなぐらい上がり、そこまで言った瞬間、俺がルトの頭部をガシッと摑《つか》む。

「……サローナに手を出したら……殺す。……ついでにルルナも」

「……はい。天地神明に誓って」

「……冗談じゃないからな」

「……はい」

そのやりとりを受けて、サローナが嬉しそうな笑みを浮かべる。

俺も笑みを返しておいた。

そして、ガイン達を紹介し終わった俺は、デイズへと話しかける。

「体調の方はどうなんだ？」

「うむ。明日には万全だろう。待たせて済まぬな」

「いいさ。こうして味方も増えた事だし、明日の朝に出発でいいか？」

「あぁ。問題無い」

そうして俺達は王城で一晩過ごす。


そして翌朝。

城門の前には、俺達と見送る人達が集まっていた。

南西の国へと向かうのは、俺、メアル、サローナ、タタ、ナミニッサ、ナレリナ、キャシー、ハオスイ、フロイド、グレイブさん、デイズ、ガイン、ニール、ルトである。

ユユナ、ルルナ、ネニャさんは、獣人の国に残るそうだ。

ネニャさんは獣人だし、このまま残って獣人の国の立て直しを手伝いたいそうで、それにユユナ、ルルナも協力したいらしい。

自分の友人達が仲良くなって、俺も嬉しいと感じる。

ルーラに関しては、南西の国は未だ危険であるし、連れていく訳にはいかない。

本人もその事を理解しているのか、自らここに残る事を告げた。

本当、聡《さと》い子である。

だが俺は知っているのだ。

この獣人の国の中で、着々と宿屋道を志す者達を増やしていっている事を……。

とりあえず、南西の国をどうにかしたら直ぐ様呼び寄せよう。

それがこの国のためだ。

マーラオも残る方である。

本人は行きたがっていたのだが、立場がそれを許さない。

この国の王女様として色々と学んだり、やっておかなければならない事が多々あるそうだ。

今はハオスイに抱き着きながら俺達の無事を祈っている。

そして、ギオ王が俺へと話しかけてきた。

「それではワズ殿。どうか、宜しくお願い致します。……そして、たとえ解決出来なくとも構わないので、必ず無事に戻って来て下され」

「任せて下さい」

俺はどんと胸を叩いて答える。

そして俺達はギオ王達に見送られながら、南西の国へと向けて旅立った。

3

獣人の国の領土から出て南西の国の領土内へと入る。

徒歩で向かっているのは、皆と相談した結果だ。

いつも俺は徒歩？　で移動していたけど、それはステータスの高さがあったため、馬車で向かうよりも早く着くし、小回りもきくのでそうしていただけである。

それを皆に求めるのは違うし、もちろん最初は馬車で向かう事を提案したんだけど、皆との相談の結果、徒歩で向かう事になった。

確かに馬車で向かうよりも時間はかかるのだが、皆が自分達を鍛えながら進みたいというので、自由に動く事の出来る徒歩にしたという訳である。

いや、そもそも徒歩移動が苦にならない者達が多いというのもあった。

一番の不安要素はタタだ。

言っては何だが、鍛え始めているとはいえ、タタがこの中で最も身体能力が劣っている。

頑張っているのはわかっているんだけどね。

その頑張りが実を結ぶのは、もう少し時間がかかるだろう。

まぁ、疲れたら俺がおぶっていくよ！　と伝えると、奥さん達全員がその場で倒れ、疲れましたと言ってきた。

……嘘だよね？　さっきまでピンピンしていたよね？

俺が再度、疲れたらね？　と強調して言うと、奥さん達全員が普通に立ち上がって文句を言ってくる。

……鍛えて欲しいんじゃなかったのかな。

ただ、急いだ方が良いのは変わらないので、速度重視で皆を鍛えていく。

家事は交代制にして、手の空いている奥さん達とデイズを相手にしていった。

鍛えていく側は、俺、グレイブさん、ガイン、ニール、ルトである。

こちらも何人かでローテーションを組んで奥さん達とデイズを鍛えていくのだが、相手が固定されているのは俺とハオスイペアだけだった。

まぁ確かに、ハオスイを鍛え上げる事が出来るのは、俺しか居ないだろう。

ガイン達でも相手は出来るのだが、何でもハオスイと実力が拮抗《きっこう》しているために手加減が出来ないそうで、一度始まると殺し合いに発展する可能性が高くなるそうだ。

それはさすがに勘弁して欲しいので、俺がハオスイの相手をする事になった。

というか、ハオスイもこっち側じゃないの？　と思ったのだが、本人たっての希望のため、鍛えられる側になったのだ。

他の皆もガイン達を相手にして、良い刺激になっていると思う。

フロイドは皆のサポートに回っていた。

テーブルをセッティングしたり、紅茶を出したり、料理や洗濯のお手伝い等々……。その姿は本当に執事に見える。

騙されないからな！

そうして皆を鍛えながら南西の国を進んでいると、俺達の進行を邪魔するように道を塞《ふさ》ぐ集団が現れた。

「ちょっと待ちな！　ここを通りたけりゃ、金と食糧……それに、女達も置いていってもらおうか！」

そう声をかけてきたのは、集団のリーダーっぽい髭面《ひげづら》の男。

総勢三十人程の集団で、その身形《みなり》を見れば間違いなく盗賊だろう。

俺は皆から一歩前に出て答える。

「断る。帰れ」

しっしっと、手で追い払う仕草付きで。

すると、髭面の男が顔を真っ赤にし、腰の剣を抜いて襲いかかってくる。

怒りっぽい人だ。

俺が襲いかかってくる盗賊の集団を迎撃しようと一歩踏み出す前に、他の皆が飛び出していく。

……あれ？

そして、俺が何かをする前に盗賊の集団は壊滅した。

まぁ、ガイン達も居る現状の俺達に襲いかかってきた時点で終わりである。

皆が、あ～良い運動したみたいな雰囲気で戻ってくるのを見ながら、俺は隣に立っている人物へと声をかけた。

「……お前は行かなくて良かったのか？　フロイド」

「執事ですので」

「……いや、執事だからこそ、盗賊が出てきたら主の身を守るために、率先して動くんじゃないのか？」

俺がそう言うと、フロイドは顎《あご》に手をやって考え込む。

……きっと面倒だからやりたくなくて、その言い訳を考えているんだな。

なので俺は、フロイドとは反対側に居る人物へと話しかける。

「……ニールも行かなくて良かったのか？」

「魔法主体のわしに肉弾戦をやれと？　わし肉無いよ？　骨じゃよ？　折れるよ？」

「……だよね」

反論出来ねぇわ。

そうして皆が戻って来るのを見ていると、髭面の男がよろよろと立ち上がるのが見えた。

皆もそれに気付いたのか、一気に戦闘態勢へと変わる。

「……へ、へへへ。……まさか俺達がこうも簡単にやられるとはな。……どうやら、見掛け以上にやるようだ」

いやいや、俺もフロイドもニールも参加してないんだよ？

まだまだ全力じゃないからね。

じゃあ、最後は俺が終わらせるかと一歩踏み出すと、髭面の男がにやりと笑った。

「ふ、ふははっ！　念のためを用意しておいて良かった！　先生～！　先生～！」

髭面の男が大声を上げて、先生なる人物を呼ぶ。

その声に応《こた》えるように、近くにあった木々の間から黒いローブで全身をすっぽり隠している者達が現れる。

その数は三人。

顔も上半分はローブで隠れているために口元しかわからず、人相を判別する事は出来ない。

黒ローブの三人はこちらへと近付き、嬉しそうに口角を上げる。

「けひひ。まったく使えない者共ですねぇ」

「然《しか》り。然り」

聞こえてきた声で判断すると三人共男のようで、中央に立っている奴がリーダーっぽい。

すると、そのリーダーっぽい奴が、俺達の方へと顔を向ける。

「しかし、まぁ良いでしょう。何しろ、こんなにも良質な素材が居るのですから。これで、もっと質の良い実験が出来るというもの。……けひひ。大人しくしておれよ。大丈夫、殺しはしない。鮮度と状態が大事だからの」

「「然り。然り」」

はぁ。どうしてこう、こういう連中って自分の思い通りに事が運ぶと思っているのだろうか？

それに、脇の二人は「然り」しか言葉を発していないけど、他の言葉は知らないのだろうか？

何やら相手をするのが馬鹿らしくなってきた俺は、ローブの男達を軽くあしらう。

「はいはい。わかったわかった。じゃ、お疲れさん」

その言葉が気に食わなかったのだろう。

リーダーの男が地団駄を踏んで怒りだす。

……解《げ》せぬ。

「調子に乗るなよ、普通の男が！　……決めた！　お前は殺す！　私の兵達によって、惨《むご》たらしく死ぬが良い！　**『盟約に従い　我が声に応えよ』**」

「「**『盟約に従い　我が声に応えよ』**」」

「ほう、召喚魔法か」

ニールの呟きが聞こえた。

そして、その言葉が正しいと証明するように、ローブの男達の周囲に大小合計六つの魔法陣が浮かび上がり、その魔法陣から魔物が這《は》い出て来る。

……骸骨の魔物が。

しかも、何と言えば良いのか……骨格や立ち方から判断すれば、全て女性と思われる骸骨が。

だって、内股で立ってんだもん。

そして、その骸骨達に反応する者が一人。……ニールである。
騒ぐかなと思ったが、口をかぱっと開けて固まっていた。
すると、ニールが見つめている女性骸骨さん達の内の一人が言葉を発する。
「お逃げ下さい！　私達のようになってはいけません！」
……骸骨がしゃべったぁ～！　と思ったけど、ニールが喋《しゃべ》っている時点で今更か。
しかし、こちらの方を気遣《きづ》うような発言をしていたが、それは大丈夫なのだろうか？
「けひひ、誰が勝手に喋って良いと言った？　また躾《しつけ》」
リーダーの男はそこまでしか言えなかった。……何故なら。
「きえええええええっ！　愛しの君を召喚魔法で縛るなど、断じて許すまじぃ～！」
ニールが雄叫《おたけ》びを上げ、両手でカマキリの鎌のような形を取って襲いかかったからだ。
勢いそのままに、ローブの男達をボッコボコにしていく。
おい。肉弾戦は出来ないんじゃなかったのか？
そう思ってニールの体をよく見ると、薄《う》っすらと光っている。
強化魔法でも使っているのだろうか？　……それもかなりの魔力を注いで。
それだけ真剣だという事か……。
頑張れ！　ニール！　君は今輝いている！　……見た目が。
俺が心の中で応援している内に、ニールは勝利する。
皆も、その様子を唖然として見ていた。

ローブの男達は地面へと倒れ伏し、その顔は既に原形を留めていない。

そして、ニールが女性骸骨さん達に向けて、何やら魔法をかけている。

「……何やってんだ、あれ？」

「そうですね。……ふむ。どうやら、彼女達を召喚魔法の楔《くさび》から解放しているようですね。さすが『魔導王』というところでしょうか。普通の者では中々出来ない魔法ですよ」

「ふ～ん……。お前って意外と博識だよな。フロイド」

「執事ですので」

執事は関係無いと思う。

俺がフロイドと話している間に、ニールの魔法が完成したのか女性骸骨さん達の体が光に包まれて消えた。

どうやら、無事に解放出来たようである。

「ローブの男達を倒すだけでなく、私達を召喚魔法から解放して頂けるとは……誠にありがとうございます」

あの喋っていた女性骸骨さんが代表して、ニールへと声をかけている。

表情は全くわからないが、女性骸骨さん達全員が喜んでいるようだ。

「私はただ、邪悪な者に縛られている、お美しいあなた方をお救いしたいと思っただけ……。そこに感謝を求めてはおりませぬ」

おいおい、口調が変わっていますよ、ニール。

普段は自分の事を「わし」って言っていたくせに、今は「私」ってか？

何自分を若く見せようとしているんだ。

ただ、女性骸骨さん達には効果的だった。

「まぁ、今の世の中にこのような殿方が居るとは……。あ、あの、せめてお名前だけでも」

「……ふっ。只のしがない魔法使いですよ」

……魔導王ニールだろ？　正直に教えてやれよ。

何やらそのやり取りを見ているだけなのが、本当に馬鹿らしくなったので、俺は皆に告げる。

「はい。撤収撤収。さっさと先を急ぐよ～。あっ、盗賊達とローブの男達は縛ってその辺に放置しとけばいいから」

その指示の下、皆は盗賊達を縛り上げていく。もちろん俺も手伝った。

その間、ニールと女性骸骨さん達はずっと会話を交わしているのであった。

4

「……で？」

「うむ。彼女達からはかなり感謝されてのぅ、いく先が無いというのでわしの住処《すみか》を紹介しておいた。まぁ、そこそこの強さもあるようだし、安全な道を教えておいたから大丈夫じゃ」

「……で？」

「彼女達はわしに好意を抱いておるのは間違いない！　……ぐふふ。遂にわしにも春が来たという事じゃ。しかも六人も。つまりハーレム。そして鎖骨も綺麗」

ニールがグッと拳を握る。

「あっ！　ワズにお願いしていた、旅先で出会った女性骸骨を紹介してくれという話はもう良いぞ。それと、わし帰って良いかの？」

「……粉々にして永遠に帰れなくしてやろうか？」

「冗談！　冗談じゃ！　ちゃんとワズに協力するわい！」

俺の言葉にニールが焦るが、直ぐ様女性骸骨さん達を思い出すように、にんまりと笑みを浮かべる。俺は、はぁ……と溜息を吐いてから先を進む。

ニールが女性骸骨さん達を救ってから、既に二日が経っている。

その間のニールのテンションの高さが少々ウザい。

嬉しいのはわかるが、もういい歳なんだから落ち着けと忠告したいぐらいだ。

しかも、皆ニールの相手をしたくないのか、俺に押し付ける始末である。

もう盗賊でも良いから、この流れを変えてくれと思ったのがいけなかったのだろう。

本当に盗賊が現れた。

「止まりやがれ！」

俺達の前に人が立ち塞がった。

相手は一人なのだが、この人数を相手によく挑んできたな。

俺は皆より前に一歩出て相対する。

相手は男性で、歳は俺よりも上なのは間違いないが、まだ二十《はたち》にも満たないと思われる。

青空のような青い髪に精悍な顔つき、動きやすそうな軽装で、長剣を俺へと向けていた。

「……盗賊で良いのか？」

「そうだ！　命が惜しければ、有り金全部置いていけ！」

まぁ、そう言うだろうし、それは別に良い。

盗賊の一人ぐらい問題では無いし、倒す事だって簡単に出来る。

……そう。簡単に出来るのだが……問題は……。

「……なぁ、あの木の陰に隠れてこっちを見ている人は、お前の知り合いなのか？」

「え？」

俺の問いに反応して、青髪の青年が後ろを振り返る。

今の内にやっちゃっても良い気がするというか、素直に信じて振り返るって不用心だな。

木の陰に隠れていたのは、恰幅《かっぷく》の良いおばさんで、今は青年に向けて手を振っていた。

その顔つきは、どことなく青年に似ている気が……。

「母ちゃん！　なんでここに居るんだよ！」

青年がそう叫んだ。

え？　母ちゃん？　つまり母親って事？

「……だってぇ、心配だったから。……十年間も家に引き籠《こも》ってたあんたが、先日家を出て……盗賊とはいえ就職して初めての盗賊行為だろ？　返り討ちに遭って怪我でもしないかと心配で心配で……」

お母さん。心配するべきなのは、そこではない。

「俺は大丈夫だよ！　通信講座で長剣の取り扱いは免許皆伝なんだからさ！　こんな奴等、俺の敵じゃないんだし、恥ずかしいからもう帰れよ！」

お前もお前で大丈夫ではないし、どこからその自信が出てくるんだ。

実戦舐めんなよ。

「馬鹿野郎！　母さんはお前を心配して、ここまで来たんだぞ！　それを帰れとは何事かっ！」

新たな人物が、青年の母親の後ろから出て来た。

かなり強面《こわもて》のごついおっさんで、話の流れから判断すると……。

「父ちゃんまでっ！」

でしょうね。

青髪の青年は、焦るように声をかける。

「何で父ちゃんまで来てんだよっ！」

「父さんもあんたの事が心配なんだよ！」

「母さん、それは言わない約束だったろ？　父親としての威厳が……」

威厳は全く感じない。

優しい母親と父親で良かったじゃないか。

しかし、青髪の青年はそう思っていないようで、声を荒らげる。

「もう心配しなくても俺は大丈夫だから！　さっさと帰って二人仲良く旅行にでも行ってこいよ！　何が悲しくて、親に見られながら仕事しないといけないんだよ！」

お前もお前で気を遣っているじゃないか。

だが、事態はそれで終わらない。

「このわからず屋が！　お前の父ちゃんも母ちゃんも、怪我しないか心配で見守ってんだろうが！　ちったぁ、その親心をわかってやれよ！」

「親戚の叔父《おじ》さんまで！　だったら、俺の心もわかってくれよ！」

別の木の陰から父親そっくりの人が現れる。

まさか叔父まで出て来るとは……。

「そうよ！　それに、あんな頑《かたく》なに家から一歩も出なかったあなたが、漸《ようや》く飛び出し、しかも就職までして……。あなたのお父さんとお母さんは、その雄姿を目に焼き付けておきたいのよ！」

「親戚の姉ちゃんまで！」

「そうじゃぞ！　やっとの事で働きだしたんじゃ！　そりゃ心配もするし、嬉しいし、見に来たくもなるもんじゃ！」

「祖父《じい》ちゃんも！」

「辛くなったら、いつでも戻ってきて良いんだからね？」

「祖母《ばあ》ちゃんもかよ！」

おいおい、家族、親戚が一堂に会するって……。

青髪の青年が家を出るって、それ程までの出来事だったのだろうか？

『フレェ～！　フレェ～！』

そして、何やら一糸乱れぬ動きで応援が始まる。

『頑張れぇ～！　頑張れぇ～！』

……うん。ごめん。

これは青髪の青年に味方したい。

ちょっと恥ずかしいかも。

「いいから帰れよ！」

青髪の青年が力の限りに叫び、俺達の方へと向き直る。

その顔は真っ赤で、体はぷるぷると震えていた。

……ごめん。ちょっとじゃなくて、かなり恥ずかしいんだね。

きっと、色々な葛藤の末に覚悟を決めて、十年間籠っていた家を飛び出し、盗賊なんだけど就職？　して、初めての盗賊行為をしようって時に、家族と親戚がこぞってその場に現れるって……

うん。かなりだね、これ。

けど、だからといって、盗賊行為に屈する訳にはいかない。

そもそも一応急いでいるし、さっさとケリを付けないと。

……青髪の青年の精神力も、そろそろ限界のようだし……。

「えっと……じゃあ、俺達もむざむざやられる訳にはいかないし……た、戦うか？」

「……」

青髪の青年は何も答えない。

ただ、俺が殴りかかるための構えを取ると、向こうも長剣を俺に向けて構える。

「頑張って～！」

「よし！　やっちまえ！」

「怪我するんじゃねぇぞ！」

「ファイトだよ～！」

「期待しとるぞ！」

「危なくなったら即逃げるんだよ～！」

青髪の青年を応援する声が飛んでくる。……やり辛《づら》い。

それは向こうも同じなのか、更に顔を真っ赤にしていた。

「う、う～ん……。やめとく？　さすがにちょっと……ねぇ？」

「……つ、次は無いからな。……その時に、俺の剣技を見せてやる。……それまでに、あっちはどうにかしとく」

「……そうしてくれ」

青髪の青年が長剣を鞘へと収め、親達の方へと向かって歩いていく。

「どうしたんだい？」

「なんで戦わねぇ？」

「なんかあったか？」

「なんでこっちに来るの？」

「どうしたんじゃ？」

「怪我してないかい？」

「……この状況が恥ずかしいんだよぉ～！」

一番最後に青髪の青年がそう叫び、泣きながら走り去っていく。

親達も、一体どういう事かわからないと不思議そうな表情を浮かべながら、その後を追っていった。

……あれは多分、しばらく振りきれないと思う。

そして俺達も、この場に留まっていても仕方ないので先へと進む。

5

その後も、盗賊は何度も現れた。

どうやら、相当治安が悪化しているようだ。もちろん、現れた盗賊は全て撃退している。

そんな中、デイズの案内で俺達は先へと進んでいく。

そして今更ながら、南西の国の名が「リスケーブ」である事と、今向かっている先はリスケーブの領土内で最北の町である「宿場町ズクラ」だという事をデイズに聞いた。

そのズクラの近くにある森の中に俺達は潜《ひそ》み、今後の事を相談している。

主な話としては、これからどのようにして進んでいくかだ。

デイズは、自分達亜人に偽の隷属首輪を嵌《は》めて、目立たず隠密に進んでいこうと提案してくるが、俺としてはそこまで気にしなくても良いと思う。

というか、捕らわれている亜人達を解放しながら進めば良いんじゃないだろうか？

ただ、どっちにしても町の様子を見てからでないと判断出来ない。

そのために、フロイドとグレイブさんに先行して町へと入って貰っている。

状況がわかり次第ここへと戻って来ると言っていたが、まだかな。

そうして待っていると、程なくして二人が戻って来る。

「よっ、待たせたな」

「いえ、そうでもないですよ。それで、町の様子はどうでした？」

「そうだな。思っているよりも状況は良くない。はっきり言って、我慢するのが大変だった」

グレイブさんが溜息を吐きながら言う。

その言葉をフロイドが引き継ぐ。

「町の中では、亜人達が隷属首輪を嵌められて虐げられております。駐留している兵士達が、人相が悪いだの、気に食わないなどの難癖を付けて、嘲笑しながら殴ったり蹴ったりと……見るに堪《た》えない事をしております」

話を聞いているだけで、俺の中に怒りが生まれる。

それは聞いている皆も同じなのか、全員その表情は眉間《みけん》に皺《しわ》を寄せていた。

そんな俺達の様子を見かねてか、グレイブさんが落ち着けと言ってくる。

「ただ、少しだけ救われる話もある。亜人達に対してそのような行動を取っているのは、この国の兵士達だけだ。町の住人はむしろ申し訳なさそうにしている。兵士達に見つからないように、陰で傷付いた亜人を手当てしているようだしな」

「……住人達は味方と考えて良いのかな」

「良いと思う。ただ、いざ亜人達を解放するといっても、当てにはしない方が良い。戦える力があるとは思えないし、無駄に犠牲を増やすだけだ。ただ、亜人達の避難場所なんかは提供してくれるだろうな」

「そっか」

俺はそれだけ聞いて考える。

果たして、どのように行動するべきか……。

出来れば解放しながら進みたいのはデイズも同じだろう。

ただ、それが失敗した時や、その情報が他に回った後の事を恐れているのだろう。

「ワズ。お主が決めてくれ。私はそれに従おう」

デイズがそう言ってくる。

その言葉に反応して顔を上げると、皆も俺の判断で動いてくれるようだ。

……う～む。

俺は少し考えた後、フロイドへと尋ねる。

「なぁ、フロイド。あの町の中に居て、他の場所へと連絡を取れる方法なんてありそうか？」

「そうですね……。例えば、私とナミニッサ様が持つ魔導具はかなり希少性がありますので、持っている者が居るとは考えにくいです。となると他の方法となりますが、一般的に考えれば狼煙《のろし》や鳥を使った連絡手段でしょうか？」

「……狼煙と鳥か」

それを聞いた俺は、最後にナミニッサへと確認した。

「ナミニッサ。あの町を覆う程の結界は張れるか？　ついでに言えば、それで閉じ込めたり、狼煙が上がった場合、それを遮断する事は？」

「そこまで大きな町でもないようですし、長い時間でなければ可能ですよ、ワズ様。私の魔力も上がっていますし、タタと協力すれば問題無いでしょう」

さすがと言えた。これで問題は無くなる。

「わかった。なら、亜人達を解放していこう。まず、タタとナミニッサの結界魔法で町を隔離。フロイドとグレイブさんは町の人達の協力を取り付けて、亜人達の避難場所の確保。ニールはそこで隷属首輪を解いてやってくれ」

「あれ？　わし出来るなんて言ったかの？」

「え？　出来ないの？　『魔導王』なのに？　召喚魔法をどうにかしていたし、てっきり……。ごめん、忘れてくれていいよ。なら俺が」

「で〜き〜ま〜す〜！　何？　何なの？　わしがそんな簡単な事が出来ないとでも思ったのか？

任せろ！　全部わしが解除してやるわい！」

「さすがニール！　んで、俺は兵士達が逃げないように遊撃へと回るから、他の皆で亜人達を避難場所へと誘導しつつ兵士の撃退をお願いします」

俺の提案に皆が頷いて了承を伝えてくる。

そして、俺達は行動を開始した。

まずはフロイドとグレイブさんが再び宿場町ズクラの中へと戻っていく。

それを見届け、少し間を置いてから動いた。

俺達が町の近くまで移動すると、外側からタタとナミニッサが結界魔法で町を覆う。

それを確認して、残りの皆が行動を開始する。

といっても、俺自身は特にする事は無い。

気配察知を使用して、逃げ出す兵士が居ないかを確認するだけである。

町の中での出来事は全て皆に任せた。

結界の外に居るタタとナミニッサと話したり、メアルを撫でながら偶に町の外へと逃げ出した兵士を確認すると一瞬で移動して殴り飛ばしていく。

時々町中で爆発が起こっているようだけど、魔法だろうか？

少々不安になってきた。

そうして暫くの間待っていると、フロイドが俺達を呼ぶために戻ってくる。

狼煙や鳥等の連絡手段に警戒していたが、なんでもそれが使われる前に全て終わらせたらしい。

まぁ、どう考えても過剰戦力だし、当たり前の結果と言えた。

フロイドの話だと、特にデイズとガインは自国が直接的に被害を受けていた訳だし、かなり本気で怒って頑張ったようだ。フロイド本人も、頑張って亜人達を避難場所へと誘導しましたよと、何やら俺にアピールしてくる。

……いや、お前は戦えよ。

そして、タタとナミニッサに魔法を解いて貰い、皆一緒に町の中へと入っていく。

町の中は、至る所が歓喜に包まれていた。

亜人達と共に、この町の住人達も喜んでいて、見ていて心が温まる。

兵士達も全員捕まえているようで、縄で縛られて項垂《うなだ》れている姿を見かけた。

フロイドの案内で町の中心へと辿り着くと、皆そこに居て喜びの笑みを浮かべている。

ただ、その中に俺達以外の面々が居た。

その面々は全員女性で、揃いの服装――白を基調としたスカートタイプの服を身に纏っている。

何の集団だろうか？　と思いながら近付いていくと、その中に見知った顔を見つけた。

その人物はグレイブさんやニールと楽しそうに話しているのだが、近付いてきた俺の顔を見て固まる。

俺はゆっくりとその人物を指差しながら、その名を呼ぶ。

「……カガネ？」

「……お兄ちゃん？」

その人物は間違いなく俺の妹、カガネだった。

6

俺には妹が居る。

俺と同じく黒髪黒目で、妹は成長するにつれて、その才能が顕《あら》わになっていった。

最初に両親を驚かせたのが、瞬く間に言葉を覚えて話し出した事だろうか。

しかし、そんな子も中には居るだろうと、最初両親は特に気にしていなかった。

だが、程なくして更に才能が開花する。

王国立の学園に通い出したかと思えば、そこで様々な知識を吸収し、その上様々な魔法まで使いこなし、一年も経たない内に学園の教師陣は誰も妹に勝てなくなるという、正に天才児だったのだ。

そんな妹に両親はたっぷりと愛情を注いでいく。俺を蔑ろにするくらいに……。

だからといって、俺はそれで妹を嫌いになったりはしていない。

両親に煙たがられながらも、俺は兄として妹にきちんと愛情を注いだ。

一時はそうでもなかったのだが、いつの間にか妹も俺によくくっついてくるようになる。

なので、兄妹《きょうだい》仲は悪くなかったと思う。

そんな妹にそっくりな人物が、今俺の目の前に立っている。

いや、俺の事を「お兄ちゃん」と呼んでいたし、間違いなく妹のカガネだ。

カガネに会うのは俺が山に籠ってからになるので、約二年と数カ月ぶりといったところだろうか。

どうやら、カガネはその間に随分と成長していた。

元々、誰しもが魅了されそうな可愛い顔立ちだったのだが、今はその可愛さの中に美しさが混じり、更に魅了度が増している。

髪型も前のままで、長い髪を頭の両端で二つにわけたものだ。

……確か、カガネ曰《いわ》く「ツインテール」だっけ？

体型も、今は女性らしく均整が取れている。

なんというか、記憶の中にあるカガネと違っているため、離れていた月日の長さを実感する。

そんな事を思っていると、カガネが眩しい程輝く笑みを浮かべて突っ込んできた。

「お兄ちゃ～～～ん！」

……何故か危機感知が反応する。

相手は妹だよ？　なんで反応するの？

理由はさっぱりわからない。けど、その反応の赴くままに体を動かす。

突進してくるカガネを華麗に回避。

ひらりとかわした結果、カガネは目標物を見失い、そのままこけた。

「ふぎゃっ！」

そんな声と共に、カガネが地面へと倒れる。

「大丈夫か？　カガネ」

倒れたカガネを起こそうと近付いて声をかけると、カガネががばっと上半身を起こし、俺の方へと視線を向ける。

「どうして避けるの、お兄ちゃん！　愛する愛する妹の抱擁だよ！　これを逃すなんて、兄の風上にも置けないんだよ！」

……そう言えばこんな事を言う性格だったような。

……何故だろう。どこかの神様を思い出してしまった。


その後、俺達は町の住人達に感謝されながら、カガネが貸し切っているという宿屋へとお邪魔する。

貸し切っているとはどういう事なのかと思ったが、何でもカガネは「アマソン商会」という商会の会長をしているそうで、かなりの金があるらしい。

……アマソン商会？

はて？　と思っていると、タタやナミニッサが興奮したように顔を上気させる。

何事かと聞いてみれば、以前俺に話してくれた「シャンプー」や「リンス」、「マヨネーズ」なる物を販売している大人気商会で、それが「アマソン商会」なのだそうだ。

まさかカガネに商人の才能まであるなんてと驚き、立派になったんだなぁと感慨深かった。

俺の妹という事は、皆にとっても義妹という事になるし、そんなカガネに褒められて本当に嬉しいのだろうか、それとも嫁として認められていると思ったのか、皆の笑みが更に深くなる。

俺はそんな奥さん達の笑顔を見ながら、カガネにこれまでの事を簡単に説明した。

そして、獣人の国の状況や、どうしてここに居るのかまで話し終えると、カガネがにんまりと邪悪な笑みを浮かべる。

「じゃあ！　これなら私がハーレム入りしても問題無いよね？」

……ん？　んん？　んんん？

何か今、カガネが変な事を言ったような。

「いやぁ～、あの女に取られた時は本当にどうしようか悩んだけど、ハーレムなら私が入っても問題無いよね！　あっ、心配はいらないよ。家系の血を残すためという名目で、兄妹同士の結婚の事例もあるから！　問題無い問題無い！　やったね、お兄ちゃん！」

「……」

いやいや、問題ある。問題あるよ、妹よ。

奥さん達も急な事にポカーンとしている。

ハオスイは表情だけならそのままだけど……。

「ちょっと待って。そんな言い方だと、カガネは俺の事が男性として好きって聞こえるんだけど？」

「え？　何当たり前の事言ってんの？　もちろん、一人の男として好きだけど。もうお兄ちゃんになら滅茶苦茶にされても良いくらい好きだけど。……あれ？　もしかして、私の気持ちに気付いてなかったの？」

「いや、気付いてないとかじゃなくて。……え？　普通に兄として慕ってくれているもんだと……。というか、普通は妹をそんな目で見ないし、妹も兄をそんな目で見ないでしょ？」

「普通はでしょ？　大丈夫！　私は普通じゃないから！」

その発言はどうかと思う。

「それに、もう随分前からそんな目で見てたけど？」

「……え？」

「え？」

……え？　もしかして本当なの？　冗談じゃなくて？

しかし、カガネの様子を見るに、冗談や嘘では無いと思う。

「……え？　本気なの？　……いやいや、けどほら。……妹だし？」

「それはもう関係無いのである！　もう倫理突破しちゃおうよ、お兄ちゃん！　……それに、お兄ちゃんは私が妹である事を気にしているようだけど、私は『妹』であって、『妹』じゃないんだよ」

「……はい？」

もう訳がわからない。

一体全体何がどうなって、こうなっているのか……。

誰か……誰か助けて下さい！

どういう事なのか教えて下さい！

閑章　カガネ

1

私の名前は「カガネ」。
けどそれは、この世界での名前である。
私には誰にも言っていないもう一つの名前があった。
「神宮寺《じんぐうじ》　鼎《かなめ》」
それが、私が地球で生きていた頃の名前……。
私が地球で死んだのは、十七歳の夏。
日差しの強い日で、今年の最高気温ってＴＶで言っていた。
あの日、学校からの帰り道で私はトラックに撥《は》ねられたのだ。
原因はわからない。だって、そこで死んでしまったから。
けれど、私は目を覚ます。

ただ、目を覚ました場所は白一色の空間。

咄嗟《とっさ》に起きようとしたが体は動かず、声を出そうとしても発する事は出来ない。

一体何が起こっているの？　と思っていると、程なくして二人の男女が視界に映る。

明らかに日本語ではないが、何故かその言葉が理解出来、私の身に何が起こったのかを教えられた。


「異世界転生」したのだ。

それがわかると同時に、私の意識は闇へと包まれる……。

そして次に目を覚ますと、自分が赤ん坊になっている事を自覚して、私の事を嬉しそうな笑みを浮かべて見ている男女が居た。

この二人が両親なのかな？

そう考えると同時に、私は心の中で喜んでいた。

はっきり言って、私はオタクである。

アニメ、ゲームは大好きだし、ネット小説もよく読んでいた。

ＢＬ？　それは標準装備。

ラブコメも好きなんだけど、ファンタジー物に心が躍《おど》る。

アプリゲームは何となく肌に合わなくて、据え置き機でＲＰＧをメインにして全般遊び、地球に居た頃は両親も妹もゲーム好きだったので、環境的に困る事は全く無かった。

ネット小説は転生・転移物を好んで読み、その影響で俗に言う物の作り方なんかも調べて、寝る前なんかグフグフしながら妄想していたっけ。

その妄想が現実になったのだ。

もし今動けていたら、飛び跳ねて大喜びしていた事だろう。

ただ、転生した事で少し後悔しているのが、地球に居る両親と妹、そして仲の良かったオタク友達の事である。

よくある、私という存在が元々無かった事になったとかで、どうか幸せに生きて欲しいと願う。

私の死で悲しむ家族達の姿を想像したくなかったのだが、この頃は直ぐに眠くなってしまうので、意識を保つのに一苦労だった……。


自分が転生した事がわかってから数カ月経ち、視界も意識もはっきりしてきた頃、こちらの両親の傍に一人の幼い男の子が居る事に気付く。

喋る事はまだ出来ないけれど、向こうが言っている事はもう理解出来るので、その幼い男の子が自分の兄である事がわかった。

……お兄ちゃんか。

地球の妹と同じくらい仲良く出来たらなと、その時はそんな事を思う。

更に月日が経ち、自分の足で立って歩けるようになった頃、私は既に喋り出していた。

まるで日本語を話すようにこちらの言葉を流暢《りゅうちょう》に話し、その事に両親は驚く。

凄い事が起こっているのを喜んでいる姿を見ると、ちょっと時期尚早だったかなと思った。

ただ、そこから私への可愛がり方は過熱気味になる。

どうも、私の事を天才児だと思っているようで、まだ教えるのは早くない？　と思えるような事を次々教えてきた。

その教わった事の中で、最も私の心を摑んだのはもちろん「魔法」である。

だって魔法だよ？　誰だって使いたいと思う事でしょ？

私の心は一気にワクワクし出す。

魔法の事は特によく聞き、よく調べた。

この世界の魔法は特に難しい作りではなく、呪文と共に魔力を消費して発動するみたい。

属性も存在していて、「火・水・土・風・雷・光・闇」の計七種類ある。

ただこれは基本属性で、中には特定の人達だけが使える固有魔法もあるそうで夢が広がった。

それと、通常この世界の人達は三属性が使えれば、どこでも引く手数多《あまた》なんだそうだ。

呪文によって魔法は発動し、注ぎ込む魔力量によって威力の強弱も付けられるそうで、様々な事象を起こす事が出来るらしい。

基本的には適性属性のある魔法は威力が強く、その逆で適性属性が無い魔法を使っても威力は乏しく、魔力も必要以上に消費するそうだ。

適性属性の無い魔法を唱えるのはデメリットだけという事である。

そして呪文だが、特に決まった文言は無く、起こしたい事象を自分の中でイメージしやすい文章で唱えているのだが、この世界の人達にはそれが難しいようで、複雑な事象を起こそうとすればするほど、長い文章になっていくのだとか……。

ただ、私にそれは関係無い。

地球で鍛えられた妄想力が陽の目を見る時が来たという事である。

短い文章で様々な事象を起こせるだろう。


そうしてこの世界の事と共に魔法の事をスポンジのように吸収していくと、両親は更に喜び、私へ向けられる期待の眼差《まなざ》しは強くなっていった。

そして私はまだ五歳だというのに、両親が勧めるままに王国立学園の入学試験を受ける。

学園の教師陣はまだまだ早いと言っていたが、私はその試験を見事突破した。

また、水晶玉を使っての魔法適性属性検査の結果、「全属性」である事がわかると、学園の教師陣は諸手を挙げて入学を許可する。

その事がわかったからだろうか、私は凄く調子に乗った。

元々精神は成熟している上に、前例の無い年齢での学園入学、魔法適性は全属性なのだ。

これで調子に乗らずして、いつ乗るというのか。

それに自分の顔立ちの良さも理解していた事も、それに拍車をかけた。

学園に通うようになって暫くした頃、仲の良い姉妹を見かけた時に自分にも兄が居た事を思い出す。

家では常に両親に囲まれ、兄の姿も特に見かけないし、すっかり忘れていた。

この時、私はちょっと面倒臭いなぁ……と思う。

両親は私だけを可愛がっているし、そんな両親の行動で兄はきっと私の事を妬《ねた》ましく疎《うと》ましく思っているだろうと考えたからだ。

でも、一応兄だし、後でネチネチ嫌みを言われるのも鬱陶しいので、今の内にビシッと言ってやろうと思った。

そう考えた私は、両親が寝静まった夜中に兄へと会いにいった。

「……という訳で、私を妬むのは筋違いなんだからね！」

「……は？　いやいや、え？　特にそんな事を思った事は無いけど？　……カガネは想像力が豊かなんだね」

そう言った兄の表情からは、本当に負の感情は一切感じられなかった。

隠しているようにも見えず、むしろ純粋に家族へと向ける愛情が感じられる。

両親は私に構ってばかりだし、兄であるワズはその余波で蔑《ないがし》ろにされていたはずなのに……。

自分がそうなっている原因は間違いなく私なのに、恨みの一つもぶつけてこない。

その瞬間、そんなワズの態度に対して、私の胸がトクンと鳴った……。

もし私に地球の記憶が無かったら、きっと自分には素晴らしい人格者の兄が居る程度にしか思っていなかっただろう。

でも私には記憶があり、精神年齢は五年経ったので二十三……いや、それは駄目だ。

私の年齢は肉体と同じ五歳でいこう。

それはまぁ、端に措《お》いておいて……。

私にとって、ワズは兄というよりは一人の男性という意識が強く、そして惚れた。

無償の愛情で私を見るお兄ちゃん。堪《たま》らん。

でも、これってショタになるんじゃ……いや、私の年齢は五歳で、お兄ちゃんは七歳。

……よし、問題無い。

後はどうにかしてお兄ちゃんと結ばれるだけである。

なので、どうにか出来る方法が無いかを調べに調べた。

最悪、ここで力を付けた後にお兄ちゃんを連れて家を出よう。

そんな覚悟を持って調べた結果、この世界では家系の血を残すという名目で血縁者と婚姻を結んだ事例が存在していた。

……イケる。これを上手く使えば、私とお兄ちゃんは結ばれる事が出来る。

その事を発見した夜は、妄想力が爆発して中々眠れなかった。

2

次の日の朝、私はお兄ちゃんに意を決して告げる。

「お兄ちゃん！　お兄ちゃん！　私、将来はお兄ちゃんのお嫁さんになるっ！」

「え？　あ、あぁ、そうだね。凄く嬉しいよ」

お兄ちゃんは、幼い子供の言葉と思っているのだろうが……ぐふふ。言質《げんち》は取ったぜ。

しかし、そんな私に天敵が現れる。

お兄ちゃんに幼馴染みが出来たのだ。

私の許可無しにそんな存在を作るなんて、許さないんだから！

けれど、私が学園に縛られている内に、お兄ちゃんと幼馴染みの仲は進んでいく。

……歯がゆい！

そして十歳の時、私はある現場を目撃してしまう。

家の近くの公園で、お兄ちゃんと幼馴染みが並んで座っていた。

「ねぇ、ワズ……。十五歳ってさ、成人してるし大人って事だよね？」

「え？　うん。そうだね」

「だからさ……十五歳になったら、私と……その……結婚しない？」

「……俺でいいの？」

「う～、いいから言っているんでしょ！　何？　ワズのくせに、まさか私からの申し出を断るの？」

「そんな訳無いよ。その……凄く嬉しい」

自分が参加していない青春なんて認めないからなぁ～！

そもそも、お兄ちゃんと結婚するのは私なのだ！

認めない！　私は認めないぃ～！

お兄ちゃんと結婚の約束をしたのは、私が最初なのに！

その出来事があってから私は一気に不機嫌になり、家に帰って来たお兄ちゃんに蹴りを御見舞いする。

お兄ちゃんは一体どうした？　と不思議そうな顔をするが、私の機嫌の悪さは暫く続く。

しかし、この事態はどうしたものか。

このままじゃ、幼馴染みの一人勝ちである。

そんなのは認めら……待てよ。確か兄妹間の結婚を調べていた時に……。

思い出したそれは、私に残された希望。

一夫多妻！　つまり、ハーレムである。

それがこの世界でも認められていた。

これなら、私もお兄ちゃんの奥さんになる事が出来る。

ぐふふ……。嫁入りしてしまえばこっちのモノ。

いずれ第一夫人へと登りつめてみせよう……。

ふふ……ぐふふ……ぐわぁ～っはっはっはっ！

機嫌が直った私は、自分の存在をアピールするため、更にお兄ちゃんにべったりになった。

だが、事件はその三年後に起こる。

勇者（雑魚《ざこ》）と共に魔王退治の旅に出ていた幼馴染みが戻って来たのだが、それから数日後にお兄ちゃんが突然居なくなった。

王都の中は、別の大きな話題で賑わっていたが、私にとってはお兄ちゃんが居なくなった事の方が大事なのだ。

お兄ちゃんの部屋には書置きがあり、『捜さないで下さい。どうかお元気で』『アリアと勇者の幸せを願っています』と書かれていた。

それを見つけた瞬間、一体どういう事か意味がわからなかったが、私はこれをチャンスだと考える。

あの幼馴染みより先にお兄ちゃんを見つけて、私の愛で包み込めば……間違いない。イケる。

ただ、問題はお兄ちゃんがどこにいったのかがわからないという事だ。

幼馴染みへの対応は両親に任せ、私はお兄ちゃんを捜し出すために、この世界における自分の特異性……つまり地球の知識を使う事にした。

この世界は広大だ。各町の連絡手段だって地球のように即という訳にはいかない。

一人で特定の人を見つけるのは難しいだろう。

なら、捜す人数を増やせば良いのだ。

そのために私は地球の知識を使って、様々な物を作って金を得て、商会を立ち上げる。

その商会を世界規模にまで発展させ、その従業員に各町の人の出入りを監視させれば良い。

町を押さえておけば、お兄ちゃんは直ぐに見つかるだろう。

もちろん、自分の力を磨く事も忘れていない。

はっきり言って、お兄ちゃんは凡庸《ぼんよう》だ。それに間違いはない。

何やら冒険者になって自分を鍛えていたようだけど、私の力から見ればまだまだである。

お兄ちゃんは私が守らないとね！

そんな感じで動き始めてから一年と数カ月が経ち、私の力も商会も大きくなって、これでいつでもお兄ちゃんを迎えに行けると思ったのだが……それでもお兄ちゃんは見つからなかった。

むぅ。一体どこに居るのだろうか？

まさかもう死んで……いや、妹の勘が告げている。お兄ちゃんは生きていると！

お兄ちゃんが見つからない事に焦りながらも、私に今出来るのはこれしかないと自分を納得させる。


そうして、お兄ちゃんが居なくなってから、二年と数カ月が経った時、私は大陸南西の国でお兄ちゃんと再会を果たした。

でも、お兄ちゃんの周りには既に奥さん達が……良し。

私もハーレムに入れて貰おっと。

第五章　チート？　兄妹

1

「という訳なので、私も奥さんになります！　いいよね？　お兄ちゃん」

俺の膝の上で座ったままのカガネが満面の笑みを浮かべ、最後にそう締めくくった。

先程まではカガネの長い話を聞いていたんだけど……え？　転生？　魔法適性が全属性？

多くの情報を一気に与えられて、未だに整理がつかない。

奥さん達もそうなのか、全員ポカーンとしている。

いや、ハオスイに動じた様子は見えない……動じる事はあるのだろうか？

ただ、そんなハオスイの様子を見ているだけで少し落ち着ける。

「……というか、ちょっと待って。え？　結婚？　俺と？　本気なの？」

「うん、本気だよ～。本気でお兄ちゃんの事が好きなの。まずはそこだけわかってくれればいいから。だから結婚しよ？」

……なんだろう。

このぐいぐい来る感じと、俺の意見の聞きたくない部分は全く聞いていないところというか……

本当に今のカガネを見ていると、どこかの女神様を思い出してしまう。

俺がどうしたら良いのだろうかと悩んでいると、奥さん達から一斉に声をかけられる。

『ちょっとお待ち下さい！』「……それ以上はまだ駄目」

奥さん達が席から立ち上がり、全員が俺の……というか、カガネの周りへと集合する。

……なんか俺が追い詰められているみたいで落ち着かない。

「先程の話の内容は共感していましたが」

「たとえワズ様の妹であろうとも、そう簡単に私達は認めません」

「カガネ様の気持ちを疑う訳ではありませんが、ワズ様の奥さんである」

「私達の許可を得るのが先じゃないのか？」

「勝手に話を進めないように」

「……未許可」

あれ？　俺の意思は？

奥さん達がカガネへと、試すような視線を向けてくる。

俺はカガネがどいてくれないと動けないので、何か俺も責められているようで怖い。

カガネはその言葉を受け、不敵な笑みを浮かべる。

そして、俺から下りて身だしなみを整えると、真剣な表情を作って右手を上へと突き出した。

「私、カガネはここにお兄ちゃんの奥さん達に向けて宣言する！　生涯お兄ちゃんだけを愛し抜く事を誓い、また、お兄ちゃんと敵対する輩《やから》は、奥さん達と手を取り合って全力でボッコボコにし、死ぬ程後悔させてやる事を！」

『その心意気受け取りました！　許可します！』「……歓迎」

ええ～……。

ちょっと待って。今もの凄く怖い事をさらっと言ったよ？

全力がどれくらいかはわからないけど、ボッコボコにして死ぬ程後悔させるって……なんか穏やかじゃない。

そして、奥さん達が俺の方へと視線を向ける。

『もちろん、最終的に決めるのはワズ（さん、様）ですけどね！』「……旦那様が決めて」

「お願い！　お兄ちゃん！」

そう懇願されても……。

「ワズさんの妹であるカガネの表情は真剣だった」

「嘘偽りは無いと思いますよ」

「そんな彼女の気持ちを信じたいと思います」

「私達は受け入れても良いと思うが、どうするかはワズに任せる」

「ワズさんが決めて下さい」

「……旦那様、決断の時」

奥さん達は受け入れても良いと言っているけど、そういう問題ではない。

俺がカガネに向けている気持ちは、家族に対するモノだ。

それがいきなり男女の関係へとなれるかというと……う～む。

ただ、カガネが真剣だというのは、お兄ちゃんとしても理解は出来た。

そして俺が何かを言う前に、カガネが懇願する。

「いきなり告げて、お兄ちゃんが混乱しているのもわかる。……お兄ちゃんが私に向けている愛情は家族に対してだしね。……だからチャンスを頂戴？」

「チャンス？」

「これから私もお兄ちゃんと一緒に行動するから、それで決めてくれないかな？　……今急に私を一人の女性として見てって言っても無理でしょ？」

「妹は妹だし」

「だから、これから一緒に行動して、私にそういう気持ちを向けられるか判断してくれないかな？　もしその結果、やっぱり妹としか見られないなら、諦めるからさ！」

「それは、随分と俺に都合が良くないか？」

「それだけお兄ちゃんの事が好きって事だよ！　でも大丈夫！　絶対惚れさせてみせるから！」

カガネが明るく元気にそう言ってきた。

その快活さを、少し好ましく感じる。

「わかったよ。カガネがそう言うんなら、きちんとカガネの事も見ていくよ」

「やったね！　もう私の事を誰にも触れさせたくないくらいに惚れさせせてみせるんだから！」

はいはい。

俺もそんなカガネを見て自然に笑みが浮かぶ。

「……あれ？　でも、俺達に付いて来るって、商会の方は良いのか？」

「大丈夫！　ウチの従業員は皆良い子で優秀だし、任せても大丈夫だから！　私は偶に覗《のぞ》く程度でも充分運営出来るよ！　私が居なくても出来るようになって貰わないといけないし、今が良いタイミングなんじゃない？　それに、いつ私が関われなくなるか、わからないしね」

そう言って、カガネは自分のお腹を愛おしそうに撫でる。

……突っ込まないよ。

チラチラ俺を見るのも止《や》めなさい。

俺がカガネの行動に困っていると、サローナが不思議そうな表情で聞いてきた。

「ところで、先程のカガネの話に出てきた幼馴染みというのは？」

他の奥さん達も興味津々なのか、目が教えて下さいと訴えている。

まぁ、今更奥さん達に隠し事をしても仕方ないので、俺は溜息を吐いてからアリアとの事を語る。

その反応はまちまち……というか、サローナとハオスイは怒りに染まっていたのだが、タタ、ナミニッサ、ナレリナ、キャシーは不思議そうな表情を浮かべ、カガネに至っては面白そうに笑っていた。

「あれ？　私が娼館に勤めていた時に、お客様から聞いた話と違うような？」

「なるほど。ワズ様は全てを見ていた訳ではないのですね」

「まぁ、いいじゃないか。そのおかげで、こうして私達は会えた訳だし」

「そうですね。ただ、この誤解はいつか解いておかないといけないのでは？」

「いいですよ、このままで。こういう誤解は本人に解かせないと意味無いですから」

タタ達の相談する声が聞こえてくる。

……ん？　何？　どういう事？

サローナとハオスイも不思議そうな表情を浮かべている。

メアルは話が長くなっているせいか、いつの間にか寝ていた。

俺はメアルを撫でながら問う。

「えっと……どういう事？」

「そうですね。こういう事を私達の口から言うのはちょっと……。アリアもワズ様を捜しているような節がございますし、きっとその内会う事になると思います。その時に、本人の口から聞くべき事かと。……ただ」

そう区切って、ナミニッサがずいっと俺に近付いてくる。

「私達はワズ様とずっと共に居たいという事は忘れないで下さい」

ナミニッサのその言葉に、皆頷く。

「いや、そんなの俺も皆とずっと一緒に居たいから当たり前の事だよ。それこそ、俺の方からお願いしたいくらいだし、皆が居ない生活なんて考えられないよ」

俺がそう言うと、奥さん達が嬉しそうな笑みを浮かべる。

カガネはまだ奥さんじゃないから、そこでいやんいやんってしない。

というか、俺も言ってて恥ずかしくなってきた。

タタ達が知るアリアの事は気になるが、それこそ出会う時があれば、本人から聞くべきなのだろう。

そう考えて、俺はこの話は一旦終了し、カガネへと尋ねる。

「そういえば、カガネは自分を鍛えていたって言っていたけど、どれぐらい強いんだ？」

「ふっふ～ん！　知りたい？　知りたい？　なら教えてしんぜよう！」

そう言って、カガネが懐からギルドカードを取り出す。

どれどれ、一体どれ程強いのか。

「私は超強くなったんだから！　その強さは、この世界で一番だぁ～！」

多分、お兄ちゃんの方が強いと思うよ。

そんな事を内心で考えながら、カガネのステータスが表示されたギルドカードを受け取って確認する。

名前：カガネ　　種族：人族　　年齢：十五歳
ＨＰ：５２４８／５２４８　　ＭＰ：９９９９／９９９９
ＳＴＲ：３５０　　ＶＩＴ：６４９

ＩＮＴ：３０５８　　ＭＮＤ：１５７３
ＡＧＩ：７０１　　ＤＥＸ：９２８

スキル
「異世界言語理解」　「属性魔法：全属性」Ｌｖ：Ｍａｘ
「固有魔法：固有模倣」Ｌｖ：Ｍａｘ　「魔力限界突破」Ｌｖ：３
「全耐性」Ｌｖ：Ｍａｘ　「状態異常無効」
「身体強化」Ｌｖ：５　「超回復」Ｌｖ：６
「家事」Ｌｖ：５

であった。

ついでとばかりに、見た事が無いスキルについても確認する。


「異世界言語理解」

異世界人が持つスキル。

特に何の苦労も無く異世界の言葉を理解する事が出来、話す事が出来る。

「属性魔法：全属性」Ｌｖ：Ｍａｘ

魔法属性適性が全属性であり、全ての属性魔法を使用する事が出来る。

「固有魔法：固有模倣」Ｌｖ：Ｍａｘ
固有魔法に分類される魔法を模倣する事が出来る。

ただし、「神」「魔」等、およそ人族では使用出来ない魔法は模倣する事が出来ない。

また、模倣するにはその固有魔法の特性を理解していなければならない。

「魔力限界突破」Ｌｖ：３
限界突破「魔力」版。

Ｌｖが高ければ高い程、上限が上がっていく。

「家事」Ｌｖ：５
スキル「料理」「洗濯」「清掃」の複合スキル。

Ｌｖが高ければ高い程、生活能力が上がり、素敵な伴侶《はんりょ》を獲得するチャンスが広がっていく？


だった。

というか、魔法特化すぎる。

ほぼ全魔法が使用出来る上に、必要なスキルが全部揃っているように感じられた。

俺の相変わらずな「状態異常ほぼ無効」ではなくて、完全なる無効になっているし、その上全耐性ときたもんだ。

身体的にも魔法を専門に使う人とは思えない程に数値が高い。

……確かに、一般的に考えれば……誰も勝てそうにないけど……。

「どう？　お兄ちゃん。私って超強いでしょ！　まさに私ＴＵＥＥＥ状態でしょ？」

カガネが自分の力を自慢するように胸を突き出す。

その姿を流し見た俺は、無言で手招きしてハオスイを呼ぶ。

ハオスイがトコトコと俺の方へと寄ってきたので、カガネにハオスイのステータスを見せるように頼む。

ハオスイは快く承諾し、なら私も見せるとカガネがギルドカードをハオスイへと渡す。

抵抗は無いのかと尋ねると、奥さん同士で隠し事はしないと言われる。

……旦那さんには隠し事をするのだろうか？

そして、ハオスイが自分のギルドカードをカガネへと渡し、表示されたステータスをカガネが確認すると。

「な、なんじゃこりゃ～！　私と同じ限界突破！　……いや、こっちは肉体の方か。……じゃなくて！　勇者！　本物の勇者！　それにこの数値の高さ！　……あれ？　これ？　私負けるんじゃない？　……うは～、さっきまで誇っていた私を殴りたい！」

そう言って、カガネは両手で顔を隠す。

確かに、もしハオスイとカガネが戦った場合、「龍」の魔法は模倣出来ない分類に入るだろうし、勝つのは総合的に強いハオスイだと思う。

けど、それは何でもありの状態だったらだ。

ハオスイが魔法だけで挑んだ場合、間違いなく勝つのはカガネだろう。

というか、俺を除いた現時点最強のハオスイに勝てる可能性があるだけでも、カガネは充分凄いと思うんだけど……調子に乗りそうだから、それは言わない。

未だに顔を隠しているカガネは措いておいて、ハオスイはどうなのだろうかと視線を向けると、小さく微笑んでいた。

「ハオスイ？　何か嬉しそうだけど？」

「……このステータス凄い。……それに、ＨＰとＭＰ以外で数値が千を超えているのを初めて見た。……良いライバルになれそうで嬉しい」

……ライバルって。

しかし、ハオスイは俺に出会うまで負け知らずであったようだし、俺以外に誰も自分に近しいステータスを保持している者は居なかったもんな。

それに俺とハオスイのステータスには、大きな開きがある事も事実。

そんな俺をライバルとは呼べなかったのだろう。

だが、そんな時に現れたのがカガネである。

しかも同年代で自分と近いステータスを保持している上に、魔力に関しては超えているときた。

だから、カガネの事をライバルと言ったのだろう。

一緒に切磋琢磨して、更に強くなっていく自分が想像出来て嬉しいんだな。

きっと、ハオスイの中には理想の自分が居て、それを目指しているのだと思う。

それはカガネも同じなのか、ハオスイのライバル発言を聞いて、一気に興奮していた。

「ふぉ〜！　ライバル！　ライバルですか！　いいですね！　胸熱です！　同じ人の奥さんでライバル！　興奮する！　そう易々と私に勝てると思わない事ですね！」

「……負けない」

「……うっ、興奮しすぎて鼻血が」

最後の一言は要らない。

ただ、嬉しそうにそう話している二人を見て、俺も嬉しくなった。

だから、頑張れよと励ます意味を込めて二人の頭を撫でる。

「……頭撫で撫で。……もっと」

「えへへ。……お兄ちゃん」

他の奥さん達も、そんな二人の様子を見て微笑んでいた。

ここで終われば、ほっこりする話で終わったかもしれない。

ところが残念。

まだ、俺のステータスをカガネに見せるという場面が残っているのだ。

なので、俺も確認しつつカガネへとステータスを見せる。

名前：ワズ　　種族：人族（26％なんでもう厳しい）年齢：十七歳
ＨＰ：最早数値化出来ません　　ＭＰ：今は無し
ＳＴＲ：我が一撃で星は粉々　　ＶＩＴ：神剣でも斬れません
ＩＮＴ：魔法は使えません。今は　　ＭＮＤ：無意味
ＡＧＩ：瞬間移動　　ＤＥＸ：迂《う》闊《かつ》に物作りをしないように

スキル
「剣術」Ｌｖ：２　　「格闘術」Ｌｖ：８
「気配察知」Ｌｖ：Ｍａｘ　　「危機感知」Ｌｖ：７
「真・極食人」（固有）　　「状態異常ほぼ無効」
「神格化」（固有）　　「固有魔法：神」（固有）現在使用不可
「海女神の止まったマスは……」（固有）
「戦女神の止まったマスは……」（固有）
「大地母神の止まったマスは……」（固有）
「女神の止まったマスは……」（固有）

ｂｙ　女神　大地母神　戦女神　海女神

どうだ、カガネ！　お兄ちゃんは強いのだ！　……って、それどころじゃない！

種族％が、ものすっごく下がっている！

一体いつの間に……って、その原因は「神格化」しかない。

……いや、もう別に良いけどさ。……でも、残ってる部分を大事にしたいと思うのは、やはりまだ俺が人族だからだろうか？　……きっとそうだろう。そう思っておこう。

ステータスも特に変化は……あった。

「危機感知」が上がっている。

きっと、女神様とカガネのおかげだろう。

感謝感謝。これからも「危機感知」さんには頑張って頂きたいですね。

しかし、相変わらず女神様達の部分は意味がわからない。

まぁ、一応見るだけ見ておこうかな。


「海女神の止まったマスは……」

いやぁ～！　止まったマス目の内容が、信者が海水をそのまま飲んで腹痛を起こし、その噂が広がって信者数が半分になるって！

ちゃんと煮沸しなさいよぉ～！　なんで生のまま飲んじゃうかな！

どこかの女神じゃないんだからさぁ！

「失礼な！　いくら私でも生で海水なんか飲みませんよ！」

「戦女神の止まったマスは……」

何々……。異世界の勇者が世界を救う。そのため神は特に感謝されず、むしろ信者が減った。か。

……仕方ないだろぉ～！　迂闊に神が関わる訳にはいかないんだからさ！

そのあたりの事は察しろよ！

というか、戦女神の活躍の場を与えてくれよぉ～！

「はいはい。いつもの事。いつもの事」

「大地母神の止まったマスは……」

えっと、温暖化によって海面大幅上昇。そのせいで大陸のほとんどが水没。信者大幅ＤＯＷＮ。

……って、ちょっと海女神さん！　大地に何の恨みがあるんですか！

どうにかして下さいよ！　いくら私でも、大地のほとんどを浸食されたら許しませんよ！

「ゲーム！　これゲームだから！　現実じゃないから落ち着いて！」

「女神の止まったマスは……」

……もう少し自分の行動を省みましょう。

なんで！　私のどこを省みろというのか！　悪い所なんて一切無いですよ！

むしろ完璧？　みたいな？

『問題だらけです』

いやですね皆さん。パーフェクツな私に嫉妬ですか？

まぁ、完璧な私に憧れる気持ちはわかりますが。

『コロスぞ！』


うん。いつも通りだな。

相変わらず何をやっているのかはわからないが、とうとう一つのスキル内で会話をし始めたか。

……こんなんで、俺のギルドカードは大丈夫なのだろうか。

俺に迷惑がかからないなら、それでも良いけど……段々女神様達の事を普通に受け入れつつある現状が怖い。

このままなし崩し的に、俺にくっついてきそうだ。

俺が溜息を吐いていると、カガネが驚きの表情を浮かべる。

「……何これ？　お兄ちゃんの方がよっぽど俺TUEEEじゃない！　けど、ステータスが文字って何？　バグ？　強いのはわかるけど、その強さがよくわからない。しかも、神格化って！　神様達が住んで遊んでいるって！　意味わかんない！　お兄ちゃんって厨二病なの？」

妹よ。俺も意味がわかんないから。

ところで、厨二病って何？　何かの病気って事？

何それ、怖い。

2

その後は、グレイブさん達を呼んで今後の事を話し合った。

当面はこのまま進路上にある町を解放しつつ、この国の首都へと向かう方針で進む事になる。

カガネに関しても、これから同行する事を伝えたのだが、カガネが「お兄ちゃんのハーレムに新たに入りました。妹のカガネです！　これから宜しくお願いします！」と勝手に宣言し、グレイブさん達から祝福の言葉を贈られた。

正確には違うよ？

そしてカガネは、ニールと魔法談義へと突入する。

お互い魔法に精通しているだけあって中々盛り上がっているようなのだが、どちらの魔法が凄いか試すと宿屋を出ていこうとした時は焦った。

拳骨《げんこつ》を御見舞いして鎮静化させる。

もちろん、カガネには優しく、ニールには骨を砕かない程度だけど。

その時に両親の事を尋ねたのだが、カガネは目を逸らし、「……元気だよ」とどこか言葉を濁《にご》して答える。

……何かがあったとは思えないし、もしかしてカガネが何かしたのだろうか？

気になる。

まぁ、その内実家がある南の王国へといく事になるだろうし、その時確認しておこう。

今後の方針が決まり、俺達はこのままここで一泊してから次の町を目指す事になったのだが、俺に宛がわれた部屋へと奥さん達全員が来ようとしてきたので、今回は丁寧にお断りしておいた。

今そんな事になったら、俺の中の獣が目覚めちゃうよ？

これからの行動を考えて、止めておく。

しかし、カガネに関しては、妹だけど妹じゃないと言われても、よくわからない。

突然の事にまだ心の中で整理がついていないようだ。

ただ、言ったように真剣に考えてみようとは思う。

カガネは真剣だし、俺も中途半端な答えを出そうとは思っていない。

そんな事を考えながら、俺はメアルを抱き締めて眠る……。


「……ワズ」

……。

「……ワズ」

……。

「……起キテ、ワズ」

うぅ～ん。何か呼ばれている気がする。

寝惚けながら上体を起こし、俺は周囲を確認した。

……うん。宛がわれた部屋だし、特に変な所も無い。

せいぜい、俺の横に白髪の美幼女が居るくらいである。

その程度の事しか……おや？　……おやおや？

この方はどちら様でしょうか？

はっきり言って、覚えが無い。

「オハヨ、ワズ」

「あっ、はい。おはようございます」

ついつい返してしまったが、本当にどなた様でしょうか？

白髪の美幼女は、俺の返事に対して嬉しそうに微笑む。

しかし、俺の心境は混乱である。

酒も飲まないし、記憶が混濁するなんて事はありえない。

昨日は、きちんとメアルを抱き締めて寝るまでを覚えているのだ。

こんな美幼女と共に居た覚えは一切無い。

俺は改めて美幼女へと視線を向ける。

幼いながら非常に整った顔立ちで、透き通るような白髪は美幼女の背丈よりも長く、ふわふわしている。

ただ、問題なのは何も衣服を身に纏っていない点だろうか。

つまり真っ裸なのである。

それが、更に混乱に拍車をかけた。

俺が混乱で固まっていると、美幼女が抱き着いてくる。

「ワズ、好キ～！」

ぽふっと美幼女を抱き止めながら、俺はその言葉に思い当たる部分があった。

……あれ？　もしや？

「……メアルなの？」

「ソウダヨ～！　メアルダヨ～！」

美幼女がにぱっと笑みを浮かべて答える。

へぇ～……そっか。メアルなのかぁ……。

えええええええええええええっ！

いや、ええええええええええええっ！

「コノ姿ジャナイト、上手ク言葉ガ言エナイケド、ワズ大好キ～！」

ええええええええええええええっ！

いや、ちょっ！　この事態についていけないんだけど！

何がどうしてこうな……ちょっと待って。

確か、メアルの母親であるメルさんが人化の魔法を教えたとか言っていたような……。

いやそれにしたって、このタイミングで！

俺が混乱して何も言葉を発しない事に気付いたのか、美幼女――メアルが首を傾《かし》げて悲しそうな表情を浮かべる。

「ドウシタノ？　人ノ姿ガ気ニ入ラナイノ？　イツモノヨウニ、抱キ締メテクレナイノ？」

「そんな事無いから！」

悲しそうな表情を見ていられなくて、俺はメアルをぎゅっと抱き締める。

……あぁ、この感触。

俺がいつも感じているメアルだ。

本当にメアルなんだと安心して、俺はゆっくりとメアルの頭を撫でる。

その行動に、メアルは嬉しそうに微笑んだ。

「クスグッタイ」

「やめようか？」

「駄目。モットシテ！」

メアルが催促するように頭を動かす。

ほわ～、何か安心する。

「イツモ、アリガトネ、ワズ。……エヘヘ。コレガ言イタカッタノ」

「俺もありがとうだよ、メアル。これからも宜しくな」

「ウン！　私トワズハ、イツモ一緒！」

なんだろう。凄く満たされる。

メアルは普段「キュイ」としか鳴かないから、中々意思の疎通ははかれないが、こうして言葉にしてくれると凄く嬉しい。

俺はメアルの存在を確かめるようにぎゅっと抱き締め、メアルも同じようにぎゅっと抱き返してくれた。

すると、メアルの体が発光しだす。

「あれ？　どうしたの？」

「ソロソロ魔法ガトケソウ」

「何だってぇ～！」

メアルが時間切れを伝え、それに反応して思わず大声をあげてしまう。

それがいけなかった。

俺の大声に反応して、奥さん達がこの部屋へともの凄い勢いで向かって来ているのを気配察知で感じる。

不味い！　このままでは、裸の美幼女と居るところを見られてしまう。

だが、何かをする前に部屋の扉が開かれた。

早過ぎる！

俺は事態の早さに固まってしまうが、奥さん達は不思議そうな表情を浮かべていた。

「……えっと、ワズ様？　今大声をあげていましたが、何かあったのでしょうか？」

……え？　どゆ事？

見ればわかるじゃん。俺が裸のメアルと……あれ？　戻ってる！

俺がメアルの様子を確認すると、既に元の小竜へと戻り眠っていた。

相変わらずの寝付きの良さである。

ただ、このままではいけない。

メアルが人化出来る事を教えておかないと、あらぬ誤解を受けそうだ。

なので、俺は奥さん達へとメアルが人化した事を伝えたのだが……。


『……』

全員が、俺を悲しそうな目で見てくる。

嘘じゃないんだよ！　本当だよ！

夢じゃないいんだからぁ～！


そんな朝の出来事があり、俺の精神力はボロボロだ。

メアルが人化した事をいくら話しても、生温かい目で見られるだけで終わる。

くそっ！　けど、俺は言ったからな！　ちゃんとメアルが人化出来るって言ったからな！

とりあえず、これで予防線は張ったといえるだろう。

メアルがまた人化しても、俺があらぬ疑いをかけられる事はないだろう。

その時に、人化したメアルの事を紹介すれば良いのだ。

ただ、それはいつになるのかわからない。

メアルの様子を見るに、そう易々と人化は出来ないようだ。

まだ人化の魔法が安定して使えないのだろうと思う。

使えるようになったばかりだし、熟練度が足りないといったところか？

まぁ、その内安定して使えるようになるかな。

そんな朝を終え、俺達は朝食を済ませてから、この国の首都であるリスケーブに向けて出発した。

宿場町ズクラから首都リスケーブまでは、いくつかの町を挟んで街道が続いている。

ただ、その街道も普段は綺麗に舗装されているのだろうが、今は荒れ果てていた。

これも治安の悪化に伴う影響だろう。

カガネが運営するアマソン商会の人達からは、馬車を使用しますかと尋ねられたが、俺達は自分達を鍛えながら進んでいるので断っておいた。

カガネもそれに同意する。

早くもハオスイと一緒に鍛錬したり、タタやキャシーから家事を習ったり、ニールから魔法を教わったりと楽しそうにしていた。

そうして俺達は自らを鍛えつつ、途中にある町を解放しながらドンドン進んでいく。

しかし、この旅路は本当に大変だった。……主に俺が。

基本、ハオスイとカガネは一緒に鍛錬しているのだが、俺が暇そうにしていると鍛えて欲しいとお願いしてきて、全力で挑んでくるのである。

毎回毎回、周囲の環境を破壊しないように調整するのが大変だった。

サローナ、ナミニッサ、ナレリナは、タタに習った料理を俺に食べて欲しいとお願いしてくるのだが、三者三様で用意してきて量が半端無い。

もちろん、きちんと全部食べたが、試食後にタタが作ってくれたスープが一番美味しく、それが表情に出てしまう。

「「「まだまだこれからです！」」」

そう言って三人が意気込んでくれるのは嬉しいが、三人で一人分の量に抑えてくれないだろうか。

いや、用意されたらもちろん食べますけどね。

日々料理の腕も上がっているようだし、楽しいっちゃ楽しいんだけど……量がね。

そして、今はもう慣れて……慣れさせられてきたのが、奥さん達と一緒に寝る事である。

寝る前はある程度の距離が出来ているのだが、朝起きると必ず俺の傍に居るのだ。

……世界は不思議に満ちていると思う。

それに、盗賊もよく現れた。

けれど、本業盗賊はごく一部で、困窮してその道へと進んだ者達には手加減しておき、解放した町を紹介しておく。

そこから先の人生は、その人達次第だ。

またそういう行為をしているようなら、今度は完全に潰してやろうと思う。

そして俺達は、程なくして首都リスケーブへと辿り着いた。

第六章　世界の王

1

一つの国の首都らしく、中へ入るためには巨大な門を通らなければならない。

その門の前に長い列が出来ている。

しかも、そのほとんど全てが大きな馬車に荷を目一杯載せている商人達であった。

何となくそのまま列に並ぶが、手ぶらであるが故に違和感しかない。

前の馬車からちらっと見えた荷は何らかの鉱石のようで、もしかして全ての馬車が鉱石を載せているのだろうか？

もしそうなら、一体どれだけの量がこの国へと運ばれているのだろう。

「……お兄ちゃん。もしここにある馬車に載っているのが鉱石なら、ちょっと……いや、かなり異常な事態が起こっているよ」

カガネも俺と同じ考えに至ったようである。さすが兄妹。

「カガネもそう思うか」

「私の商会は鉱石自体には力を入れてなかったから今まで気付かなかったけど、もしこれが今だけじゃなくて何回も繰り返されている事なら……それだけの鉱石を使用する何かがあるって事だよね？」

「そうなるだろうな。……それに、もう一つ気になるのは、これだけの鉱石を買う金の出所なんだけど……」

「そっか。既に自国民からは搾取しつくしているだろうし、そうなると後は攫ってきた亜人達。……死ぬまで働かせているか、高値で売り払っているって事になるのか……ムカつく」

「だと思う。というか、元々聞き慣れて使ってたけど、カガネのその言葉遣いは、その前世？　からの言葉って事なのか？」

「そうだよ！　それとも、昔みたいに丁寧な方が良い？」

「いや、どっちでも構わないよ。カガネが俺の妹である事には変わりないし」

「そこは『俺の女』って言って欲しいなぁ～」

「甘えても言いません」

「ケチ～！　ぶ～ぶ～！」

俺とカガネがそんな感じで話していると、グレイブさんが呆れ顔で話しかけてきた。

「お前達が仲の良い兄妹ってのはわかったが、これからどうするんだ？」

それは奥さん達も、ガイン達も同じように思っていたのか、俺に視線を集中させてくる。

いや、フロイドだけはいつもの澄まし顔だ。

そういえば、こいつの慌てている顔は見た事無いな。

「……そうだな」

俺はそう言って思考を切り換える。

「……今まで通りで大丈夫じゃないかな。相手を逃がさないようにタタとナミニッサが結界を張って、その間に潰す」

俺がそう提案すると、タタとナミニッサが不安そうな表情を浮かべた。

「ワズさん。確かに出来る出来ないで言えば、出来るでしょうけど」

「そうですね。確かに結界を張る事は出来ます。ですが、首都というだけあってこの大きさとなると、今までと違ってそう長い時間結界を張るのは無理かもしれません」

「あっ、その点は大丈夫」

俺はタタとナミニッサの言葉に軽く答え、カガネを指差す。

「カガネも一緒に結界を張って貰うから」

そう言うと、カガネがえっへんと胸を反《そ》らす。

「大丈夫！　魔法の事ならどーんと私にお任せ！」

「なるほど。確かにカガネも参加してくれるなら可能ですね」

「そうですね。並外れた魔力を持つカガネなら、今まで同様……いえ、それ以上の結界を張り続ける事が出来るでしょう。納得しました」

二人もカガネの参加を了承してくれる。

ただ、そうなると結界を張る三人の護衛も念のため用意しておいた方が良いかもしれない。

ここはこの国の首都だし、どんな仕掛けがあるかわからないしな。

さて誰に頼もうかなと考えていると、奥さん達が声をかけてきた。

「ワズさん。そういう事なら、私達がタタ、ナミニッサ、カガネの護衛に回ろうと思う」

「そうだな。念のため、私達はここでワズ達とは別行動をしておいた方が良いかもしれない」

「大丈夫です。護衛に回る私達も含めて、誰も傷付けさせませんから」

「……問題無い。旦那様の奥さん達の絆は誰にも負けない」

随分と頼もしい事を言ってくれる。

首都の中へと入る人数は減ってしまうが、奥さん達が固まって行動してくれるなら、俺としても安心だ。

皆もだいぶ強くなっているようだし、任せても大丈夫だろう。

すると、俺の頭の上に居たメアルが飛び立ち、ハオスイの下へと向かった。

どうやら、メアルも奥さん達と共に行動したいらしい。

……いや、別に良いんだけどさ。何かちょっと淋しい。

……あれ？　ちょっと待って。

つまり、首都の中へと突入する面々は、俺、フロイド、グレイブさん、デイズ、ガイン、ニール、ルトの計七人で、全員男って事？

綺麗に男女が分かれる結果となっていた。

もしかして、メアルが移動したのってそういう事なのだろうか？

……いや、それを考えるのはやめておこう。

それにしても、首都の中へと侵入する人数が随分と減ったな。

まぁ俺が居るし、どうにでもなるとは思うし、念のために連れて来たガイン達も居るしな。

人数不足は、中に居る亜人達を解放する事で補おう。

という訳で、今後の俺達の行動は決まった。

男性組は首都の中へと突入して大暴れ。

女性組は首都の外で結界魔法と共に警戒。

今後の方針が決まり、俺と奥さん達は互いの無事を誓い合って別行動へと移る。

そして、残った男性組である俺達はその時を待つ。

デイズとガインの気迫が半端無い。

歯を剝《む》き出しにして、ようやく鬱憤《うっぷん》を晴らせる機会が訪れたと歓喜していた。

ニールとルトは、のほほんとしているが、余計な緊張感を持っていないように思える。

適度に力を抜き、集中力を増していっているように見えた。

フロイドとグレイブさんは、俺と他愛無い会話を交わしている。

相変わらずフロイドは胡散臭いが、グレイブさんがここまで協力してくれたのは非常に嬉しい。

そうして大人しく列に並んでいたが、その時は程なくして来た。

首都リスケープが大きな結界に覆われる。

それを確認した俺達は、列から飛び出し、門に向け一気に駆けた。

俺達の姿を確認し、何か良からぬ企みを持っていると判断したであろう門兵が槍を構える。

「一体何事だ！　貴様等！　まずはそこで止ま」

俺が勢いそのままに殴り飛ばす。

この国の兵士達も敵である以上、ぶっ飛ばしたところで問題無い。

それに、俺は今日この時を以《も》って、この国を叩き潰すつもりでいるのだし。

グレイブさん達も邪魔してくる門兵達を次々倒していく。

そして、俺達は首都の中へと入った。

2

首都の街並みは、見るも無残な状況と言って良いだろう。

この首都の住人は居ないのか、ボロボロの廃墟に見える。

壁は至る所が崩れ落ち、無事な建物を見つける方が難しいぐらいだ。

そして、住人は見当たらなかったのだが、至る所に兵士と隷属首輪を嵌められた亜人達を見かける。

その光景を見て、まず飛び出したのはルトだ。

「貴様等ぁ〜！　可愛い可愛いエルフたん達を首輪で縛るとは何事だぁ〜！」

あかん。本気で怒っている。

ルトの顔には青筋が浮かび、兵士達へと一気に襲いかかった。

普通であれば一人で突っ込ませるのはどうかと思うのだが、ここに居る面々は普通の強さではない。

俺が知る中でも……いや、世界全てを見ても上位に位置する面々が多いのだ。

ルトの攻撃で兵士達が面白いように飛んでいく。

そして、その攻撃の後に続いたのが、デイズとガインだ。

この二人は怒りのままに暴れている。

デイズの怒りが強過ぎて少々周りが見えていないようだが、ガインが上手くフォローしていた。

その戦い方は息ぴったりで、さすが親子と言えるだろう。

ニールは後方で隷属首輪を嵌められた亜人達を解放していっている。

何度も同じ魔法を使わせる事は非常に申し訳なく思うが……まぁ、ニールだからいっか。

それに、これが終わって帰ればニールの骸骨ハーレムが待っているのである。

……ニールのテンションは非常に高かった。

そして、解放された亜人達も、戦える者は戦えない者を守りながら兵士を相手に戦っている。

これまで虐げられてきた鬱憤を晴らすかの如く、その表情は生き生きしていた。

こうなってくると、寧ろ兵士達の方が哀れである。

早々に戦意を失くした者は逃げ出しているのだが……残念。結界によってここからは逃げられないのだ。

ふはははは。逃げられるものなら、逃げてみろ！

逃げられないとわかると兵士達はその場で謝りだしたのだが、もしかしたら兵士達の中にも亜人達に味方した人がいるかもしれないし、そのあたりの判断は解放された亜人達にお任せしておく。

そしてその間、俺、フロイド、グレイブさんはというと……完全に出遅れていた。

……あれ？　これ、俺達のやる事あるのだろうか？

何か、このまま終わりそうなんだけど……。

そんな事を思いながら様子を見ていると、グレイブさんが声をかけてきた。

「なぁ、ワズ。俺達もそろそろいくか」

「え？　どこへ？」

「そんなもん決まっているだろ。親玉が居ると思われる所だよ」

そう言って、グレイブさんは首都の中心にある城を指差す。

その城は、天高くそびえていると表現出来そうな程細く大きく、いくつもの尖塔《せんとう》があった。

あぁ、なるほど。

確かに、亜人達を攫うなんて事を考えた首謀者がそこに居そうだ。

俺はグレイブさんの言葉に頷いて答える。

「そうですね。ここは任せて大丈夫そうですし行きますか」

「あぁ、腕が鳴るぜ」

「ワズ様の向かう所が、私のいく所でございます」

「……いや、フロイドは別に付いて来なくても良いんだぞ？」

「いえいえ、何を仰《おっしゃ》いますやら。ワズ様は私の主人なのですから」

「……は？」

フロイドがこんな時に訳のわからない事を言う。

「いやいや、お前の主人はナミニッサだろ？」

「それはもちろん、そうでございます。ですが、主人であるナミニッサ様の夫がワズ様なのですから、ワズ様に仕えていると言っても過言ではないでしょう」

……それは過言ではないだろうか。

ただ、ここでこいつに時間を取られるのも無駄だ。

それにどれだけ言っても納得してくれなさそうだし……。

俺は溜息を吐いてから、フロイドへと声をかける。

「はいはい、わかったわかった。じゃあ、いくぞ。しっかり付いて来いよ」

「仰《おお》せのままに」

そして、デイズ達に一声かけてから、俺、フロイド、グレイブさんは城へと向かう。

3

城に向かうまでの間にも、兵士達や亜人達はもちろん居た。

なので、邪魔をする兵士はぶっ飛ばし、亜人達はデイズ達が居る所へと向かうようにと伝える。

そうして進んでいく中、気付いたのは亜人達に味方する兵士の数が意外と多い事だろうか。

この国の兵士全員が敵ではないというのは、ありがたい。

味方の兵士達に守られながら、亜人達は移動を開始していた。

そして俺達は城門へと辿り着く。

首都の門程ではないが、ここも大きかった。

「お願いします。ワズ様」

「さっ、ワズの出番だな」

何をお願いするというのか……。

いや、壊せという事なのだろうがこれを俺の出番と言い切られると、この後俺に活躍の場はあるのかが不安になる。

……大丈夫だよな。ここで俺の出番が終わりなんて事にならないよな？

心の中に一抹の不安を感じながら俺は一歩前に出て、程々の力を込めて城門を殴る。

大きな破裂音と共に、城門は跡形も無く吹き飛んだ。

うむ。絶好調。

「さすがでございます。ワズ様」

「さっ！　いくか」

あれ～？　もう少し何か言ってくれても良いんだけど……。

まぁいいか。

俺はがっくりと項垂《うなだ》れながら、先行する二人の後に付いていく。

外から見た感じだと、中はそう広くないように思えたのだが、いざ入ってみるとそこそこの広さがあり、内部も首都と同様に荒れ果てていた。

壊れた調度品が至る所にあり、手入れが行き届いていないように思われる。

さて、大抵こういう時、首謀者は天辺《てっぺん》に居るもんだ。

このまま上へと向かって行けば問題無いだろう。

けれど、そんな俺達の動きを邪魔するように、兵士達と亜人達が次々と現れた。

「おいおい、一体何事かと思えば……たった三人の賊か？　何だよ、久々に亜人以外の血が見られると思ったのによ。がっかりだぜ」

山賊？　と思えるような粗暴な顔をした兵士がそう言い、他の兵士達から高笑いが起こった。

……なるほど。つまり死にたいと？

「ほら、亜人共！　さっさと行って、あいつら殺してこい！」

剣を抜いて、亜人達を突く兵士も居た。

あっ、もう我慢の限界。

それはグレイブさんも同じだったのだろう。

俺とグレイブさんが兵士達へと突っ込むのは同時だった。

瞬く間に兵士達の所へと移動し、俺は剣を抜いた兵士の腕を掴む。

「誰を殺すって？」

「……は？」

ギリギリと鎧越しに兵士の腕を砕く。

「ぎゃあああああっ！　腕が！　俺の腕が！」

煩《うるさ》いなぁ。

一方、グレイブさんはというと、山賊？　面《づら》の兵士を殴り飛ばすところだった。

「やられるのは、一体どっちだろうなぁ？　なぁ！」

「げへぁっ！」

後ろに控えていた兵士数人を纏めて吹っ飛ばしていた。

さすがSランク冒険者である。

そして俺とグレイブさんは、兵士達を相手に暴れた。

殴っては蹴り、殴っては投げ、正に蹂躙《じゅうりん》していく。

正直言って、全く敵ではないので兵士達は簡単に倒れていった。

グレイブさんの方も、得意の双剣を抜くまでもないと素手で乱闘している。

もちろん兵士達は抜剣して盾を持ち、完全武装しているのだが、グレイブさんとの間にある力量差はどうしようもない。

兵士達は誰もグレイブさんの動きに付いていく事が出来ず、翻弄され、次々やられていた。

そうして俺とグレイブさんが暴れた結果、瞬く間に兵士達は全滅……ちょっと待って。

俺とグレイブさん？　……二人だけ？　あれ？　もう一人居たよな。

そのもう一人、フロイドはというと、何やら亜人達に囲まれていた。

しかも、何故か亜人達は歓喜している。

一体どういう事なのだろうかと、俺とグレイブさんは顔を見合わせてから首を傾げ、揃ってフロイドの下へと向かった。

『ありがとうございます』

亜人達のそんな声が至る所から聞こえ、中には涙ぐんでいる者も居た。

フロイドが感謝されている姿なんて珍しい。

本当に何が起こっているのだろうと、亜人達を掻き分けて進んだ先で見つけたのは、フロイドの足元に大量に落ちている隷属首輪だった。

そして今まさに、フロイドが一人の亜人の隷属首輪を外す。

俺とグレイブさんは驚きをもってその光景を見つめた後、フロイドへと声をかけた。

「……お前、隷属首輪を外す事なんて出来たのか？」

「執事ですので」

「「……相変わらず胡散臭い」」

フロイドの答えに、俺とグレイブさんは同時に呟く。

いやいや、執事だからってそう簡単に隷属首輪を外せる訳ないじゃないか。

やっぱり、こいつは胡散臭い。

フロイドがこの場に居る亜人全員の隷属首輪を外し終わるのを待ち、亜人達にはそのまま外へと逃げて貰った。いく先はもちろんデイズ達の所である。

亜人全員が城から出ていくのを見送った後、俺達は移動を開始した。

どうやら、最初に現れた兵士達で全員だったようで、誰にも出会わずに辿り着く事が出来る。

俺の気配察知でも、反応が残っているのは最上階の一室と地下だけだったので、まぁ普通に考えて最上階で間違いないだろう。

しかし、最上階の反応が三つ固まっていて、おそらく首謀者の周りに護衛が居る事は間違いない。

そして、最上階へと辿り着いた俺達の前には荘厳《そうごん》な作りの扉がある。

この向こうに三つの反応があった。

俺はフロイドとグレイブさんに向かって頷くと、扉を勢いよく開く。

扉の先にある部屋は、いくつもの柱で天井が支えられ、いかにも王と呼ばれる存在が居そうな厳格な造りだった。

床には高級そうな絨毯《じゆうたん》が敷かれ、この部屋だけは他と違って綺麗なままだ。

そのまま目線を奥へと向ければ玉座が置かれていて、そこに座る年若い男がこちらを見ていた。

耳が隠れる程度の金髪に、切れ長の目と鼻筋が通った精悍な顔立ちで、衣服は白い貴族服に赤いマントを羽織《はお》っている。

そして、その玉座に座る男を守るように立っていたのは、二人の男女。

体格から見て男性の方は白い仮面を被《かぶ》っているので顔はわからないが、高身長で全身黒ずくめの衣装を身に纏い、身の丈程の大剣を背負っているのに、腰には長剣を提げていた。

女性の方は腰程まで届いている緑色のぼさぼさ髪で、半眼に丸い眼鏡をかけ、小柄な身長を白衣で覆い、その手には、女性の身長よりも高い杖を持っていた。

玉座に座る男は勝ち誇るような笑みを浮かべ、仮面の男はわからないが、女性の方は楽しそうに笑っている。

俺は真剣な表情で、玉座に座る男へと尋ねた。

「……あんたが、亜人達を攫っている首謀者か？」

そう尋ねると、玉座の男は表情を崩さないままに答えた。

「……全く。少し前に来た勇者と名乗る者達といい、本来なら下等な者へとかける言葉は無いが、ここまで辿り着いた事を褒めてやる意味と、既に全ての予定が消化されているため、お前の問いに答えてやろう。その通りだ。下等な者よ。それに奴隷になるしか価値のない種族共をどう使おうが、私の勝手である。何故なら、私はこの世界の王なのだからな」

……世界の王？　馬鹿なのか、こいつ。

というか、勇者と名乗る者達って何だ？　ハオスイなら外に居るぞ。

「寧ろ、この私に使い潰される事を歓喜して、感謝して欲しいぐらいだ」

あっ、馬鹿だ、こいつ。

その物言いに、グレイブさんも顔に青筋を立てている。
もういいや。さっさとぶっ飛ばして終わらそう。
そう思い、俺とフロイド、グレイブさんは部屋の中へと一歩踏み出す。
すると、踏み出した場所の床が抜け、俺達は出来た穴の中へと落ちていった。
……あれ？

第七章　暗い穴の底に居たのは

落とし穴に落ちる。

随分と間抜けな結果になってしまったが、俺は穴の中を落下しながら別の事を考えていた。

この事態に対して、どうして危機感知が反応しなかったのだろうかと。

今まで反応した時の事を思い出せば、女性に対してだけだったような……。

一体どうなっているんだと思うのだが、もしかすると高過ぎるステータスが原因なのかもしれない。

落とし穴に落ちるなど、普通に考えれば危機なのだが、俺の場合は全然危機じゃないのかも……。

そう考えた場合、これからこういう事態の時は危機感知が反応しない可能性がある。

……それはそれでどうなのかと思うのだが、反応した事で助かっていたのも事実。

う～む。……まぁいいか。

確かに今も危機的状況とは思えないし、有用なスキルである事に変わりは無い。

危機感知さん。これからも宜しくお願いします。

そんな事を考えていると、落ちていく先から光が漏れている事に気付く。

そのまま光に包まれ、見えた先は広大な空間だった。

上を見上げると俺達が落ちてきた穴が見え、それ以外は石壁に覆われている。

広さは広大と言ったが、多分ここより上にある城と首都が丸ごと入りそうな程で、所々に地下空間を支える巨大な柱があった。

落下しながらこの空間を確認していると、下から戦闘音が聞こえる。

身をよじって体勢を変えると、一人の女性が岩の塊のようなモノと戦っているのが見えた。

というか、思いの外《ほか》地面が近い。

このままでは確実にぶつかる。

一体どうするのだろうとフロイドとグレイブさんに視線を向けると、何やら呑気《のんき》にしていた。

「……余裕がありますね、二人共」

「私達の命運はワズ様次第ですので」

「任せた！」

まさかの俺に丸投げである。

俺が何も出来なければどうするつもりなのだろう。

いや出来るけどさ。

俺は二人よりも早く地面へと着地する。

石で出来ている床に大きく亀裂が入るが、今はそれどころではない。

俺は落下してくる二人を受け止め、地面に放り投げる。

普通であれば、そのまま尻もちをつくのだろうが、二人は見事に着地した。

「ありがとうございます、ワズ様。命の恩人ですね」

フロイドが涼しい顔で言う。……そんな事絶対思ってないだろ。

それに、フロイドなら俺が受け止めなくても平気な顔で着地してそう。

「いや～、助かったよ、ワズ。さすがの俺でもあの高さから落ちるのはヤバかった」

グレイブさんは、もっと俺に感謝してくれても良いですよ。

なので、俺はグレイブさんにある提案をする。

「つまり、グレイブさんにとって俺は命の恩人って事ですよね？」

「まぁそうなるな」

「なら、一つお願いしたい事があるんですけど？」

「なんだ？　まぁ、ワズの頼みなら大抵の事は聞いてやっても良いぜ」

「ありがとうございます。実は」

「なっ！」

俺がグレイブさんへのお願いを言おうとした時、先程岩の塊と戦っていた女性が俺達の方へと近寄って来て、驚きの声を上げた。

俺達が女性の方へと視線を向けると、女性は俺達をまじまじと見た後、不思議そうに問いかけてくる。

「……あの高さから落ちてきて無事だなんて……本当に人族なのか？」

「失礼な！　普通の人族だよ！」

……まぁ、俺は若干怪しいし、フロイドは果たして人族と思って良いのか疑わしいが。

この中で、きちんとした人族ってグレイブさんしか居ないな。

……そう思うと、かなり怪しい集団である。

そんな事を思いながら、俺は女性の姿を確認した。

金色の猫耳に、肩まで届いている輝く金髪。

目尻が上がって気の強そうな顔立ちだが、間違いなく美人と言えるだろう。

胸も大きく、腰は引き締まり、見ただけで充分鍛えられているのがわかった。

服装は胸、腰、腕、足の四か所に、動きを阻害しない程度の軽装を着けている。

そして首には隷属首輪が嵌められていて、よく見ると至る所に青痣《あおあざ》が出来ていた。

「……そう。まぁ別にいいわ。それで、人族であるあなた達がこんな場所に落ちて来たって事は、飼い主である自称世界の馬鹿王にでも捨てられちゃったの？」

「……何か勘違いしているぞ。俺はあんな馬鹿王の手下でもなければ、ペットでもない。ここには攫われた亜人達を助けに来たんだ」

「……ここに落ちて？」

……そうだよね。本当にそうだよね。

一体こんな所で何やっているんだか。

「いやいや、俺達以外にも助けに来ているから。エルフも居るし、ネクロマンサーだって」

「……随分怪しい集団なのね」

教える順番を間違った。

女性が怪しむ視線を向けてくる。

「いやいや、ちょっと待て。獣人も居るから！　デイズとガインが！」

「パパとお祖父《じい》様がっ！」

……パパ？　誰が？

……お祖父様？　誰が？

……ん？　あれ？　……もしかして。

「確かデイズには攫われた娘が居るって……」

「ちょっと待って！　その前に確かめさせて」

女性がそう言って、俺へと近付いて来た。

俺はどうしたものかと、フロイドとグレイブさんに視線を向けるが、二人はニコニコしながら様子を観察しているだけである。

この状況を楽しんでいるようだ。

二人が俺を見ながらこそっと話している。

なんかムカつく。

その間、女性が何をしているかというと、鼻をぴくぴくさせて俺の匂いを確認していた。

……恥ずい。……もの凄く恥ずい。

やだ。何か悲しくもないのに、泣きたくなってきた。

俺が涙を流す前に、女性は俺から離れて満面の笑みを浮かべる。

「色んな女性の匂いがするからわかりにくかったけど、本当にパパの匂いがする。どうやら、言っている事は嘘じゃないようね！　私は『マオリーン・レオニール』。パパ……デイズ・レオニールの一人娘よ！」

……ごめん。色んな女性の匂いって時点からちゃんと聞いてなかったわ。

その発言を聞いて笑いだしたフロイドとグレイブさんの事が気になって仕方なかった。

俺がもう一度名前を尋ねると、顔を真っ赤にして胸倉を摑まれる。

美人の怒り顔って怖いな。

「マオリーンよ！　マオリーン！　それより、パパが来ているって本当なんでしょうね？」

「本当だって。今は別行動していて、首都の亜人達を助けているよ」

「……嘘じゃないでしょうね？」

「本当だって！」

俺が必死にそう言うと、デイズの娘さん――マオリーンさんは俺から手を離し、何やらやる気に満ちていた。

「そっかそっか！　パパが来ているなら、私もこんな所にいつまでも居られないな！」

「……というか、なんでこんな所に居たの？」

「え？　なんでこんな所って、それはもちろんあの馬鹿王のせいよ。……攫われそうになっていた

クンクン

獣人達を助け出そうとしたんだけど、逆に人質に取られてしまって捕まったのよ。それで、私が獣人達の中でもかなり上位の戦力を保有しているとわかると、ここに送り込まれてアレと戦わされていたの」

そう言って、マオリーンさんがアレを指差す。

指し示す方へと視線を向けると、アレが居た。……ものっそ居た。

アレは、先程落ちている時に見かけた岩の塊。

だが実際は、ギリギリ人の形に見えそうなゴーレムだった。

腕はもの凄く太く長くて、上半身は盛りに盛っている。

しかし下半身は逆に小さくて、なんとか支えているようにしか見えない。

全体的に言えば逆三角形のような形をしていた。

それと、顔？　と思われる部分には、大きな丸いレンズが付いている。

何と言うか、これで本当に動くのだろうかと、ちょっと怪しんでしまう。

それが、この地下空間の至る所に居て、その数は数える事が出来ない程だ。

どうやら、大量に運び込まれていた鉱石はゴーレムに使われていたようである。

「どうやら、私達がアレ相手にどこまで戦えるかを確認しているようで、何度も相手をした。それに、私達が破壊していく度に修理されて強くなっていっている。見かけで判断しない方が良いわよ」

「……私達？」

ここにはマオリーンさんしか居ませんけど？

そう思って聞いてみると、マオリーンさんは悲痛な表情を浮かべた。

「……攫われてある程度戦えるとわかった亜人達は……私と同じようにここへと送り込まれてアレと戦わされたの。……既に私以外の亜人は」

マオリーンさんが向ける視線の先を追っていくと、そこには何十人もの亜人達が並べられ、全員胸に手を置いて……眠っているかのように死んでいた。

多分、マオリーンさんが弔《とむら》いのためにそうしたのだろう。

死んだ亜人達の魂が、どうか迷わず天に召されますようにと祈っておく。

フロイドとグレイブさんも少し頭を下げて、冥福を祈っているようだ。

そうしていると、突然、空中に四角い枠で区切られた映像が浮かび上がり、一体何事かと視線を向ければそこに先程見た顔……馬鹿王の隣に居た白衣の女性の顔が映っていた。

『あれ～？　あれあれ～？　まさか全員生きているなんて～。ちょっとビックリ。てっきり誰かをクッションにして、浅ましく生き延びていると思ったのに～！　つまんな～い！』

お前を面白くさせるために生きている訳じゃないから。

なんとも、見た目と喋り方が随分と違うな。

というか、これどうやっているんだろう。

魔導具かな？　魔法かな？　……う～ん。魔法っぽいな。何か映像に映っている白衣の女性が持っている杖が光っているし。

ただ、映像の中の女性がにんまりと、意地が悪そうな笑みを浮かべた。

その視線はマオリーンさんを見ている。

『まぁいいや～！　今回はね～、今までよく頑張りました～って事で、獣人ちゃんにお別れの挨拶をしに来たんだよ～』

「お別れだと？」

マオリーンさんの眼光が鋭くなる。

それに比例して、白衣の女性の笑みは更に深くなった。

『そうだよ～。私達は空から地上を支配するのだ～！　獣人ちゃん達は置き土産を楽しんでね～！じゃあねぇ～！』

そして、空中から映像が無くなると同時に、地響きが起こり、ゴーレム達が一斉に動きだした。

ゴーレム達は俺達に向かって来ている。

「ちぃっ！」

マオリーンさんが舌打ちと共に、亜人達の遺体の所へと向かって駆け出す。

これ以上傷付けさせないと、守るつもりなのだろう。

「フロイド！　グレイブさん！」

「お任せ下さい」

「こっちは任せろ！」

二人は俺の考えを察してくれて、マオリーンさんの後を追った。

さて、これでマオリーンさんも無事に生還出来るだろう。

後はここのゴーレム達をどうにかするだけである。

そして迫るゴーレムへと視線を向けると、予想以上の速さでゴーレムの一体が俺へと迫り、岩の拳を振り下ろす。

だが、その拳は俺の体に触れた瞬間、粉々に砕け散る。

……まっ、こうなるよね。

「はぁ～。ようやく活躍の場かと思えば、こんな岩の塊が相手だなんて……」

俺が肩を落として少し気落ちしている間も、ゴーレム達は攻撃の手を止めないのだが、どの攻撃も俺の体に触れると同時に砕け散っていく。

……何か、攻撃される度にガラガラガラガラと砕け落ちていっている音が煩い。

俺がもう一度溜息を吐くと、ゴーレム達の中に居た一体が頭部のレンズを光らせ、輝く光の線とでもいうような、魔法のようなモノを使ってきた。

その光の線が俺の体を直撃するが、特にダメージは無い。

精々《せいぜい》服が少し焦げた程度だ。さすが山の魔物の素材で作った服である。

寧ろ、その光の線が俺の体に当たって飛び散り、ゴーレム達を次々破壊していった。

そんな感じで……俺が攻撃するまでもなくゴーレム達は自滅していく。

「……なんだろう。俺がこの国に来てやった事って、城門を壊した事ぐらいしか思い出せないんだけど」

言ってて悲しくなってきた。

このままじゃいけない。

見れば、フロイド、グレイブさん、マオリーンさんもゴーレム達を相手に必死に戦い、亜人達の遺体を守っている。

俺も攻勢に出なければと勢い込んだ時、大きな地響きが起こって天井の至る所が落盤していく。

落下する岩の下敷きになっていくゴーレム達を眺めていると、一際大きな破壊音が天上から響いたので、音が聞こえた方へと視線を向けると……天井にぽっかりと大きな穴が開いて、そこから陽の光が降り注いでいた。

……え？　一体何が起きたの？

別章　その頃のハーレムメンバー

タタと妹であるナミニッサ、それとワズの妹で新たな奥さんになるであろうカガネが、首都リスケーブを結界魔法で覆っていく。

それを確認したワズ達が中へと入っていくのが見えた。

後は事態解決まで結界魔法を使っているタタ達を守るだけだ。

首都へと入ろうとしていた商人達には悪いが、マーンボンドの名を出して一時的に退去して貰った。

ワズは念のためと言っていたけれど、私達を襲う者なんて現れるのだろうか？

そもそも、妹達の結界を破れる者が居るとは思えないのだが……。

まぁ、もし現れたとしても問題無いだろう。

そもそも、私――ナレリナと、サローナ、キャシー、ハオスイの四人を抜けて、妹達に危害を加えられるとは思えない。

特に、ワズ以外でハオスイに勝てる者が居るとは考えられなかった。

カガネは可能性があるが、総合的に見ればハオスイの方が上だろう。

ワズの奥さん達の中では、ハオスイとカガネが二強なのだ。

……あっ、カガネはまだ奥さんじゃなかったな。

そして次点に居るのが、私とサローナである。

私とサローナの実力は拮抗しているので、共に組手を交わすのは非常に楽しい。

その次がキャシーだろうか。

妹のナミニッサは全体的に守る事に優れているため、純粋に戦闘力を考えれば、キャシーの方が上だろうと思う。

最後がタタなのだが、今はまだまだ発展途上だ。

最近まで戦闘訓練をしていなかったようだし、それは仕方ない。

ただ、妹はタタに結界魔法の才能があると言っていたので、妹と共に私達を守ってくれたら嬉しい。

今はまだ、ワズを除いて三番手四番手に甘んじているが、いつか必ずハオスイとカガネに追いついてみせる。

それはサローナもキャシーも同じ気持ちだろう。

二人は、私達の良い刺激になっていた。

……まぁ、ワズに追いつける自分は想像出来ないが。

一体、ワズはどれ程強いのだろうか？　……少し本気を見てみたいとも思うが、そうなった時の周囲への影響が危険な気がする。

「何やら考え込んでいるようですが、大丈夫ですか？　ナレリナ」

サローナが心配そうに声をかけてきた。

こういう気配りが出来る上に、その外見も美しく、強いのだ。

やはり、私のライバルなだけはある。

「いや、なんでもない。ワズの本気の強さは一体どれ程なのかとな」

「そうですね。……それは、私も見た事が無いな」

そうか、サローナも見た事が無いのか。

そう思っていると、他の皆も見た事が無いと言う。

「……私の時も手加減されていた」

なんとっ！　勇者であるハオスイを相手に手加減して勝ったのか！

しかももっと詳しく聞けば、その時のハオスイのステータスは、ほぼ「999」という破格の値だったのにもかかわらずである。

本当に、私達の旦那様は一体どれほど強いのだろう……。

神格化出来るくらいだし、正に神の力というところだろうか。

「確かにワズさんは、私では想像も出来ない程お強いですけど、普段のボケボケしているところがとても可愛らしいと思いますね」

タタが結界魔法を維持しながら惚気《のろけ》た。

ボケボケしているというか、ワズの思考はどうなっているのか読めない。

それに、いきなりネクロマンサーであるニール殿を連れてきたり、その上、今回はガイン殿とルト殿という強者《つわもの》を連れてきたりと、ワズの交友関係は一体どうなっているのだろうか？

「そうですね。私が言うのも何ですが、フロイドに振り回されているワズ様は、生き生きしているというか見ていて微笑ましいです」

妹もついでに惚気ていた。

……フロイドから助けてやろうとは思わないんだな。

まぁ、私も思わないが。

自由過ぎる執事をまともに相手出来るのは、きっとワズしかいないだろう。

「私はワズさんと一緒に居ると安心しますね。包み込まれている感じというか、ほっこりします」

キャシーも惚気た。

なんと言えば良いか、ワズとキャシーの二人は一緒に居ると、のどかに過ごす傾向にある。

その姿は熟年夫婦のようで、少し羨《うらや》ましく思う。

「それを言うなら、私はここぞという時に見せるキリッとした表情も好きだな」

サローナも惚気話に参加した。

確かに普段との違いとでも言えば良いのか、キリッとした時のワズを見るとドキッとさせられる。

「……旦那様は強い。けど、それを偉ぶらないところが良い。……普段通り。いつも通り」

ハオスイがぼそっと呟く。

そう言った顔は少し赤くなっていて、恐らく惚気たのだろう。

しかし、言いたい事はわかる。

普通であれば、あれ程の力を持っているなら他者を見下したり、横柄な態度を取っていてもおかしくない。それこそ、勘違いした馬鹿な貴族のように。

けれど、ワズの態度にそういったモノは一切感じられない。

その事が、ハオスイ同様大変好ましいと思う一面だな。

「キュイッ！　キュイッ！」

ハオスイに抱かれているメアルが鳴く。

……多分、ワズの事を言っていると思うのだが、私達には何を言っているのかわからない。

いや、ハオスイだけは理解しているのか、うんうんと頷いていた。

翻訳して欲しいのだが。

「ふっふっふっ。なるほどなるほど。皆お兄ちゃんの事が好きというのはわかりました」

カガネが不敵な笑みを浮かべた。

「ならここで！　真打《しんうち》の登場！　そうだなぁ〜、何話そっかなぁ〜……。皆は、お兄ちゃんの小さい頃の話なんかお好みかな？」

その発言を受けて、私達は全員真剣な表情を浮かべる。

宜しい、存分にワズの小さい頃の話を聞こうではないか。

そうして私達は、カガネからワズの話を聞き始めた。

その間、首都から逃げ出そうとする兵士が何人も現れたが、妹達の結界を越える事は出来ず、解放された亜人達に捕らえられていく。

そんな様子を傍目《はため》で確認しながら、皆でワズの事を話して盛り上がっていた時、大地全体を揺らすような地響きが起こる。

一体何事かと周囲へ視線を向ければ、その中で首都の中心にある城が動いたのが見えた。

「……城が動いている？」

その呟きに、皆が城の方へと視線を向けた。

私達が見つめる先で城は上へ上へと昇っていき、最後に一際大きな、それこそ大地から解放された喜びを表現するような地響きが起こる。

そして城はぐんぐんと空へと昇り、その尖端《せんたん》が結界に触れるまで上昇を止めなかった。

……一体、首都の中で何が起きているのだ。

城の尖端と結界が触れた所から、バチバチと火花が散る。

どうやら、無理矢理にでも結界を破ろうとしているようだ。

しかし、その様子を見続ける事は出来ない状況へと追い込まれる。

近場にある大地が大きく盛り上がり、そこから岩の塊のようなゴーレムが次々と現れ出した。

それは、首都の周囲の至る所で起こり、近くにあるモノを何でも次々破壊していく。

そうなると、当然私達にもゴーレムは襲いかかってきた。

やれやれ、念のためが本当に起こるとは。

「サローナ！　キャシー！　ハオスイ！」

私のかけ声に反応して、三人がゴーレム達へと向かっていく。

サローナとキャシーは互いをフォローし合って、ゴーレムを潰していき、ハオスイはメアルを頭の上に乗せて、拳の一撃でゴーレムを破壊していっている。

どうも、ハオスイはワズの影響をかなり受けているように見えた。

ただ、それが出来るステータスを保持している事が羨ましい。

「熱くなるのは良いが、タタ、ナミニッサ、カガネを守る事を忘れるなよ！」

生き生きと戦う三人に私は注意を促す。

三人からわかっていると返答され、私もゴーレム達へと向かう。

普通に剣で戦っても刀身が駄目になるだけだ。

なので、私はゴーレムの体を形成する継ぎ目を狙って斬り落としていく。

そうして何十体ものゴーレムを破壊し終わった時、結界魔法を張り続けていた三人から判断を乞われた。

「……これは……いけません」

「この質量を阻《はば》むには、維持する結界が大き過ぎます。このままでは結界が破壊されてしまう」

「どうすんの、これ？　私の全魔力を注げばまだ維持出来るかもしれないけど、そう長い時間は持たないよ！」

結界魔法を懸命に維持する三人が叫び、私へと視線を向けてくる。

その目は、私に判断して欲しそうだった。

「ナレリナ。この中でこういう時の判断はナレリナが最も優れている。だから決めてくれ」

「お願いします」

「……判断して」

サローナ、キャシー、ハオスイも私の判断で動く事を決めたようだ。

だから私は決める。

「首都から逃げる兵の数はもう少ない。それは、首都内部の状況がほぼ鎮静化しているからだろうと推測する。なら、結界を解いても問題無いだろう。あのような空飛ぶ城が出て来た以上、デイズ達や解放した亜人達を首都の外へと逃がす道も用意しなければならない。それに、ゴーレムの数がこのまま増え続ければ、そちらにも被害を受けるやもしれん。よって結界を解き、こちら側に参戦し、魔法でゴーレムを一掃してくれ！」

その言葉に三人が頷き、結界魔法を解いてこちらへと参戦してきてくれる。

あの空飛ぶ城は野放しになってしまうが、今はゴーレム達を一掃する方が先だろう。

タタとナミニッサは小さく厚い結界魔法を発動して、ゴーレムの進行を止めたり、圧《お》し潰したりし、カガネはゴーレムを燃やしたり、凍らせたり、粉々に砕いたりと、様々な魔法を発動して、次々と破壊していく。

ステータスを見た時にはまだ現実味は無かったが、今こうして見ると、やはりカガネの魔力は凄まじいモノがある。

「ア～ッハッハッハッ！　ア～ッハッハッハッ！」

……ただ、高笑いをしながら魔法を使う様子は、見ていて少々寒気を感じる。

いや、確かに頼もしいのだが……少し落ち着いて欲しい。

「カ、カガネ？」

「あっ、失礼しました。何しろ、こうして思う存分魔法を使うのは初めてで、少々気分が高まっちゃった！　えへへ！」

「あ、あぁ……」

……やはり、ワズと同じ血が流れているという事なのだろうか。

そうして数多くのゴーレムを相手に戦っていると、空中に突然四角い枠に区切られた映像が映し出される。

確か、そのような魔法があると聞いた事があったな。

そこに映っていたのは、白衣を纏う女性だった。

『あれあれ～？　王様～。下でゴーレム達を相手に暴れている人達が居るよ～。しかも、すんごい美人や可愛い子ばっかり～！』

『ほぅ』

そう呟いたのは、白衣の女性の後ろに居た男性。

その顔は、どこかで見た記憶がある。

「貴様は確か、王族会議で見た覚えがあるな」

『誰かと思えばナレリナか。久しいな』

……気安く私の名を呼ばないで欲しい。

『……なるほど。前よりも随分と美しさと勇猛さが上がっている。……あの時も、俺のモノにしたいと思っていたが……他の者達も皆美しい。……良し、ここに居る者達は全員生かして捕まえろ。全員俺の妃にする』

『アイアイ～！』

気色悪い事を言うな。拒否反応で鳥肌が立ってしまったではないか。

それは皆も同じで、うぇ～っと吐きそうな表情を見せていた。

こらこら、はしたないぞ。

すると、ゴーレム達は私達を捕獲するような動きへと変わる。

どうやらゴーレム達を操っている者が居るようで、恐らくあの白衣の女性がそうだろう。

だがこの程度で、私達を捕まえられると思われているのは心外だ。

それに、私達以外にも強力な仲間は存在している。

「獣人含め、亜人達が受けた苦しみを味わうが良い！」

「がはははは！　獣人の力を見せつけてくれる！」

首都の壁を飛び越えてデイズ殿とガイン殿が現れ、ゴーレム達を殴り砕いていく。

「ふ～む。ちと数が多いのぅ。少しばかり減らそうか」

ニール殿が空中を漂いながら現れ、強力な魔法を次々と繰り出していく。

「女性エルフの敵は私の敵！　教えてやろう！　ハイ・エロフの力を！」

……ルト殿の発言はアレだが、その強さは本物だ。

ゴーレム達を次々と叩き潰していく。

『……何こいつら。滅茶苦茶なんだけど』

白衣の女性が目を点にして驚いている。

この程度で驚いて貰っては困るな。

私達の最大最強戦力は――。

「てめぇ！　何人の女に手を出そうとしてやがるっ！」

そんな叫び声が響くと共に、一人の男性が首都の中から飛び上がっていく。

刮目《かつもく》するが良い。私達の夫の強さを。

第八章　圧倒的強者

1

気が付けば、天井にぽっかりと穴が出来ていた。

いや、穴の先をよく見ると、城が空へと浮かび上がっているのがわかる。

今は結界に阻まれてそれ程高くはないが、結界が無ければどこまでも高く飛び上がりそうだ。

……わぁ、大きなお城がお空を飛んでいるよ。

……。

……現実を見ようか。

そういえば、あの馬鹿王が既に準備を終えているとか言っていたが、これがそうなのだろう。

ただ、俺にとってはそれで？　って感じだ。

何か落とそうと思えば、簡単に出来そうな気がする。

しかし、今はそれどころではない。

まずはこの地下空間に居るゴーレム達を、どうにかしなければ。

……まぁ、俺に攻撃を加えて勝手に砕け散っているが、いつまでも待ちの態勢は良くない。

やはり攻めないと。

フロイドもグレイブさんもマオリーンさんも頑張っているんだ。

俺も頑張らないといけない。

しかし、俺が軽く放つ拳一発でゴーレムは砕け散っていくのだ。

三人の戦いと比べると、どうしても派手さに欠けるというか、必死さが感じられなくて申し訳ない気持ちになる。

それに、天井の穴から聞こえる音の中には、時折魔法の爆発音が混じっていた。

どうも外でもゴーレムが現れているようで、皆必死に戦っている様子が窺える。

いつの間にか結界も解かれているようだし、中々大変なようだ。

これは急がないと、と思っていると、穴の外から馬鹿王の声が聞こえた。

『誰かと思えばナレリナか。久しいな』

……ん？

『……なるほど。前よりも随分と美しさと勇猛さが上がっている。……あの時も、俺のモノにしたいと思っていたが……他の者達も皆美しい。……良し、ここに居る者達は全員生かして捕まえろ。全員俺の妃にする』

……おいおい、アイツ今何つった？

俺の奥さん達を自分の妃にするっつったのか？

あっはっはっはっはっはっ！

「……神格化」

俺は自分の中に芽生えた感情のままに、神格化を発動する。

誰の女に手を出そうとしたか、身の程を知れ！

別に普段通りでも問題無いけど、より確実に潰す！

神格化した俺は、フロイド達へと声をかける。

「そろそろ脱出するよ～！」

「お願いします、ワズ様」

「それは良いが、まずはここのゴーレム達をどうにかしないとな！」

「ちょっと待って！　私はここに残る！　同胞の遺体をむざむざ蹂躙させる訳にはいかない！」

どうも、マオリーンさんは遺体を綺麗なまま帰したいと思っているようだ。

その気持ちは素敵だと思うけど、あまり時間もかけたくない。

なので、さくっと解決しよう。

「はいは～い、了解了解。『圧殺』」

俺は固有魔法：神を発動して、この地下空間に居るゴーレム達を上下から圧し潰す。

ゴーレム達は、一枚の細長い板状になって全て沈黙した。

大破だっ！

そして次は、遺体の保護を行う。

「『完全保護』」

その言葉と共に、亜人達の遺体は透明な膜に包まれる。

これで、俺がこの魔法を解かない限り、誰であろうとも何であろうとも、遺体を傷付ける事は出来ないだろう。

俺はうんうんと頷きながらフロイド達の所へと向かう。

「さすがでございます、ワズ様」

「いや〜、出来る事ならさっさとして欲しかったな」

「……一体何をしたの？」

「え？　あぁ。ゴーレムは圧縮して潰し、亜人達の遺体は誰も手出しが出来ないように、強力な結界を張っただけ。それより、これでもう良いか？　俺はさっさとあの空飛ぶ城をぶっ壊しに行きたいんだけど？」

「……あ、あぁ」

マオリーンさんが突然の事態に放心していた。

う〜ん。奥さん達なら凄いですとか褒めてくれるんだけど、それはまた後で良いか。

俺はフロイドを背負い、グレイブさんとマオリーンさんを両腕で抱えると、足に力を込めて一気に跳躍する。

穴から外へと飛び出し、見事に着地した。

フロイド達を地面へと下ろし、後の事を任せる。

「それじゃ、首都の事はお願いします。あっ、それとフロイド。マオリーンさんの首輪も外しておいて」

「お任せ下さい、ワズ様」

「おぅ！　任された！」

「……はっ！　一体どうやって外へ！」

さて、後は空飛ぶ城を落とすだけである。

結構高くまで飛んでいるようだけど、全然問題無い。

さっさと落としてやる！

俺は先程の馬鹿王の発言に対して、この身に宿る怒りのままに叫びながら飛び上がった。

「てめぇ！　何人の女に手を出そうとしてやがるっ！」

瞬く間に空飛ぶ城よりも高く飛び上がり、そのまま空中で態勢を整えて空飛ぶ城を攻撃しようと思ったが、思い止《とど》まる。

空飛ぶ城が居るのは、まだ首都の上空だ。

このまま破壊してしまっては、その破片で首都内に居る亜人達に被害が出るかもしれない。

なので、俺は固有魔法：神を使用して首都上空に強固な結界を張る。

それを確認してから、俺は落下する勢いを利用して、空飛ぶ城に向かって蹴り足を出す。

最初は固有魔法：神でどうにかしてやろうと思っていたが、やはりこういうのは自分の手で直接やらないと！

そういえば、カガネが言っていたっけ。

こういう時は技名を叫ぶものだって……。

……。

……。

……だって良いのが思い付かなかったし、時間も限られていたから。

「キィ～～～ック！」

そして俺は、これまでの中で一番力を込めた蹴りを空飛ぶ城へと御見舞いする。

俺の蹴り足が外壁へと埋まり、そこから一気に大きくひび割れが起こって次々と瓦解していく。

何と言っても、俺のＳＴＲ値は「我が一撃で星は粉々」である。

対象は星では無いが、空飛ぶ城が粉々に砕け散っていき、その残骸は俺の作った結界の上へと落ちていく。ガラガラ、ガラガラとちょっと煩い。

空から崩れ落ちていく城を、俺は空中に留まってじっと眺めていた。

2

粉々に砕け散った城の残骸は、俺が作った結界の上に留まっている。

俺はその残骸の中を歩いていく。

空を飛んでいた城と俺が作った結界の間の距離はそう離れていない。

なので、念のために見回っているのだ。

……馬鹿王が確実に死んだかどうかを。

「……やっぱ生きていたか」

俺はその呟きと同時に一点を見つめる。

そこには、馬鹿王と護衛の男女が居た。

城が砕け散った時に発生した土埃《つちぼこり》に塗れていたが、どうも無事なようである。

女性の方は魔法が使えるみたいだし、それで身を守ったのだろうと思う。

馬鹿王とその御一行は、俺の事を激しく睨《にら》んでくる。

「一体何事だ！　何故、世界の王たる俺の空中城が砕け散る！　……キサマ！　キサマかぁ～！

地下でくたばっているはずなのに、どうしてここに居る！　下等種如きが一体何をした！」

「何をしたって、普通に飛んで蹴っただけだけど？」

「……正直に話す気はないようだな」

「疑り深いなぁ」

「まさか～、私以外にも～、こ～んな大規模魔法の使い手が居るなんて～」

「……だから、蹴っただけだって」

どうも、俺の言う事を信じてくれないようである。

まぁ、お前らが信じようが信じまいが、どっちでも良いけど。

俺はゆっくりと追い詰めるように近付いていく。

「く、来るなぁ～！」

馬鹿王が取り乱し、白衣の女性が守るように立ち塞がる。

「行かせないよ～！　**『光よ～光よ～　我が敵を刺し貫け～』**」

白衣の女性が魔法を発動し、杖の先端を俺へと向けた。

その杖の先から光が迸《ほとばし》り、俺を刺し貫こうと光の筋が迫って来る。

だが、俺の体はその光の筋を簡単に弾《はじ》く。

「で？」

俺の歩みは止まらない。

白衣の女性は信じられないと驚愕の表情を浮かべ、次々と様々な魔法を発動していくが、どれも俺の体に傷一つ付ける事は出来なかった。

「何で！　何で！　何で！」

狂乱するように白衣の女性が叫ぶ。

俺は魔法に晒《さら》されながら溜息を吐くと、一気に白衣の女性へと迫り、鳩尾《みぞおち》に一発入れる。

「か、かふっ……。い、一体何が……どうなっ……」

そう呟いて、白衣の女性は気を失う。

気を失うまでの間、俺を見るその目には恐怖が宿っていた。

その様子を見ていた仮面の男が俺へと強い殺気を向けてくる。

「どうやって魔法を防いでいたかは知らんが、妹に手を出した以上、その報いを受けて貰う」

そう言って、仮面の男は背負っている大剣と腰の長剣を抜き放ち、俺へと襲いかかってきた。

そんなに大事な妹なら、もっと真っ当な道に進ませるんだったな。

白衣の女性が俺の足元へと倒れるのと同時に、仮面の男の大剣と長剣が十字を切るようにして迫ってくる。

見た感じ、その二本の剣は中々の名剣だと思うが、元から俺には通用しない。

俺は避《よ》けもせずにそのまま斬られるが、二本の剣は俺の体に触れた瞬間に砕け散る。

その事に仮面の男は一瞬動揺したようだが、直ぐに気を立て直して服の袖口から何本もの針を取り出して投げ付けてきた。

……というか、剣で斬れなかった時点で通用しないと気付かないのだろうか？

針もまた、俺の体に触れた瞬間砕け散ったのだが、どうやら針に何かを塗っていたのか、何らかの液体が俺の腕に付着する。

「ふははっ！　これでお前はもう終わりだ！　この針には大型の魔物ですら、即座に絶命させる程の猛毒が塗って……塗って……」

仮面の男の言葉が途中で止まる。

だって俺は無事だもの。

「はぁ……。この程度の毒でどうにか出来るとでも思われたのか。はっきり言って、これよりも酷い毒の沼を飲み干した事もあるぞ」

「……は？」

俺はその場で回り、仮面の男へと回し蹴りを御見舞いする。

ベキベキと何かが折れる感触が足に響くが、命を取らないだけでも感謝して欲しいもんだ。

仮面の男はそのまま吹き飛んでいき、城の残骸を何度か破壊し終わった後に沈黙する。

どうやら、そのまま意識を失ったようだ。

まぁ、一応手加減はしてやったけど、それで生きてようが死んでようがどうでも良い。

俺は不敵な笑みを浮かべながら馬鹿王へと視線を向ける。

「最後はお前だ。お前は俺の女に手を出そうとした。生きていられると思うなよ」

「よ、よせっ！　く、来るなっ！　……そ、そうだっ！　俺の軍門に降《くだ》れ！　重宝してやるぞ！　俺が世界を支配した暁には、その世界の半分を」

はいはい。もう喋るな。聞くに堪えない。

俺は一気に馬鹿王へと迫り、その頭を吹っ飛ばそうと拳を繰り出す――。


が、俺の拳が馬鹿王へと当たる前に止められてしまう。

「……何でお前がここに居る？　いくらなんでも執事ですからでは済ませられないぞ、フロイド」

「申し訳ございません、ワズ様。私の事はまぁ追々。それに、この者を裁くのは私達ではありません。裁く権利を持っているのは、虐げられてきた亜人達です。……そうでしょう？　ワズ様」

俺とフロイドが会話をしている内に、馬鹿王はひぃひぃ言いながら四つん這いで逃げていく。

追おうとするが、フロイドは俺の拳を摑んでいる手を放さない。

「放せよ」

「ワズ様が矛を収めて下されば、いつでも」

「……」

「執事ですので」

「お前、それ言わないと気が済まないの？」

俺はそう言って、大きく溜息を吐く。

何というか毒気を抜かれてしまったので、ゆっくりと拳を下ろす。

冷静になって考えてみれば、確かに後々の事を考えれば馬鹿王は亜人達に任せた方が良いかもしれない。

人族が人族を裁くのではなく、被害を受けてきた亜人達で裁きを下した方が、人族に対してある程度憎しみは緩和するかもしれない。

ついでに仮面の男と白衣の女性の方も任せるか。

しかし、相変わらずフロイドは謎である。

俺が胡散臭い物を見るような視線を向けるが、涼しい笑みを浮かべるだけだ。

本気ではないとはいえ、神格化した俺の拳を受け止めるとは……一体何者なのか？

只の執事とは到底思えない。今聞いてもはぐらかされそうだし、別に良いか。

何かフロイドだしなぁ……で、全て納得しそうな自分が居て怖い。

それに、確かにこいつは自由に過ごしているが、敵意を向けられた事は無いし……。

ただ、胡散臭い執事なだけだ。

俺はもう一度溜息を吐く。

けどまぁ、あの馬鹿王は俺の女に手を出そうとしたし、一矢報いるくらいは別に良いよね？

俺はそう考えて、馬鹿王が居る場所だけ結界を解く。

やられた事をやり返した訳じゃないが、突然出来た落とし穴で馬鹿王は地上へと落ちていった。

「これぐらいは別に良いよな？」

「はて？　何の事でしょうか？」

エピローグ

1

俺は奥さん達の所へと戻り、互いの無事を喜び合う。

皆怪我一つ無くて良かった。

一人一人抱き締めていく。

皆顔を真っ赤にしていたが、俺は嬉しさが勝《まさ》っていたので特に気にしない。

だが、皆はそれで満足しなかったようだ。

「ワズさん。抱き締められるのも嬉しいのだが、もう少しその感情を示してくれても良いのだが？」

「そうですね。出来れば、抱き締めながら口付けをお願い出来ないかなと」

「それは良い考えですね。私達がワズ様のモノである事を周りに示しましょう」

「う、うぅん……。こちらはいつでも心構えが出来ているぞ」

「恥ずかしいですが、お願いします」

「……私もして欲しい」

「お兄ちゃん！　熱烈なのを一つお願いしゃ～す！」

……。

……えぇ～。

それはいくらなんでも、ちょっと。

「キュイ！　キュイ！」

メアルも自分を指し示す。

いやいや、皆ちょっと落ち着こうよ。

戦闘中の興奮がまだ抜け切っていないのだろうか。

それに、抱き締めて良い感じで終わってたやん。

駄目なの？　それじゃ駄目なの？

「えっと……あっ！　ほら、フロイドも居るし、さすがに人前でするのはね」

「いえ、私の事は路傍《ろぼう》の石とでも思って、軽く流して頂いて構いませんよ」

普段求めてもいないのに構ってくるくせに！

こういう時だけ聞き分け良くしているんじゃない！

『そう言ってますし、お願いします！』「……します」

くっ！　フロイドめ！

お前絶対楽しんでいるだろ！

ほらほら、怒らないから正直に言ってみろって！

でないと、そのにやけ面を殴るぞ！

「……ん？　何だ？　取り込み中か？　デイズの娘を連れて急いで駆けつけて来たのに」

グレイブさんが現れた。

ナイス！　なんて良いタイミングで現れるんだ、この人は！

さすがグレイブさん！　空気の読める男ですね！

『……ちっ』「……残念」

あれ？　なんか舌打ちが聞こえたような……気のせいだな。

すると、ガイン達もやってくる。

「ガイン、ニール、ルト。お疲れさん」

「うむ。久々に暴れてすっきりしたわい！」

「わし、もう帰っても良いかの？　ハーレムの皆が無事に着けているか心配じゃわい」

「……エルフが誰も見向きもしてくれない。……頑張ったのに危険人物だって」

ガインは晴々とした笑みを浮かべているのだが、ニールはどこか落ち着きが無く、ルトに至っては気落ちしていた。

いや、ニールの気持ちは何となくわかるが、ルトは一体何をしたんだ！

俺が不思議そうにしていると、サローナがこそっと教えてくれた。

「……出会った時は気付かなかったが、女性エルフは『ルト』というハイ・エルフ様には気を付けろと教わっているのだ。何やら昔、色々やったようで……」

あぁ、そういえば、そんな事をルト本人も言っていたな。

つまり、自業自得という事か。

納得した俺は、ふと一人足りない事に気付く。

「あれ？　そういえばデイズは？」

「息子ならあそこじゃよ」

俺の問いにガインが答え、後方を指差す。

そこでは、デイズとマオリーンさんが互いの無事を喜んで抱き合っていた。

うんうん。感動の親子の対面だな。良かった良かった。

俺がデイズ親子の様子を見ながらうんうん頷いていると、グレイブさんが声をかけてくる。

「さて、これで亜人達は解放された訳だが、これからこの国は大変だろうな」

「そうなんですか？」

「そりゃそうだろう。何せ、この国に王族は居なくなった訳だからな」

「あぁ、そうですね」

「この国を良い方向へと導ける舵《かじ》取りが頂点に立たないと、また同じような事が起こるだろうし」

「ですねぇ」

俺がにやにやしながら見ているが気になるのか、グレイブさんが苦笑いを浮かべる。

「……なぁ、ワズ。……俺は何やら嫌な予感がするんだが」

「グレイブさんって、ずっと旅しているんですよね？」

「……そうだな。前にも言ったが、俺の奥さんは世界中に居るから会いに行っているんだよ」

「どこかに奥さん達を集めて、一緒に暮らそうとは思わないんですか？」

「……そりゃ、出来ればそうしたいが、奥さん達にも中々離れられない事情があるし、そもそもそんな場所が無い……から……」

「この国って、北に獣人の国、東には大陸南の国の王都、西には海が広がっているし、立地的には悪くないと思いませんか？」

「……そう……だな」

「そろそろ、どこかに落ち着いても良いんじゃないですか？」

「……そりゃ……なぁ」

ここまで言えば、グレイブさんもピンときた。

「前は途中で遮《さえぎ》られてしまったけど、俺はグレイブさんにお願いしたい事があるんですよ」

「……つまり、ワズは俺にこの国の舵取り……王になれと？」

「グレイブさんならきっと良い国に出来ると思うんですよね。それに、亜人達を解放したっていっても、行き場の無い者だって居るかもしれないし、任せられる人ってグレイブさんしか居ないと思うんですよ」

俺の言葉に、賛成する者も居た。

「それは良い考えですね。マーンボンド王国も、もちろん手助けいたしますよ」

「そうだな。ワズの友だと言えば、父上達も協力してくれるだろう」

「ふむ。それなら、もう隠居した身だが、我が獣人の国に口利きしてやっても良いぞ？　何せ、あそこを治めとるのは我の息子だし、共に戦った仲なのじゃからの！」

ナミニッサ、ナレリナ、ガインが俺の言葉に賛成してくれる。

「なら、私もエルフの里にかけあってみようか？」

「ドワーフの事なら、少しはわかりますよ？」

サローナとキャシーも賛成してくれた。

グレイブさんは、俺達の言葉を受けて暫しの間考えた後、覚悟を決めたように強い眼差しを俺へと向けてくる。

「俺に王が務まると思うか？」

「グレイブさんなら、きっと務まりますよ。立派な王になると思っています」

俺も真剣な眼差しで答える。

「そっか……。なら、いっちょワズに乗せられてみるか。困った時は友として助けてくれるんだろ？」

「俺に出来る事なら、いつでも駆けつけますよ」

照れるように頭を掻くグレイブさんに、俺は笑みを向けた。

2

さて、この国の行く先はグレイブさんに任せるとして、今は後始末を色々しなければならない。

まずは未だ結界の上に残っている空飛ぶ城の残骸だが、さすがにこのまま残しておく訳にはいかないので、残骸が載っている結界を動かして首都の外へと運ぶ。

そのままタタ達の結界魔法の要領で圧し潰し、地面にばら撒く。

最初は復元して再利用しようと思ったが、亜人達にとって悪印象しかない城のため、グレイブさんからもお願いされてそうしたのだ。

そして、馬鹿王、仮面の男、白衣の女性の三人は、亜人達の前へと突き出した。

もちろん、神格化状態だった時に無力化して。

こいつらをどうするかは、亜人達の判断に委《ゆだ》ねる。

まぁ、碌な結果にはならないだろう。

そして、マオリーンさんともデイズを通して改めて自己紹介し合い、それから地下空間にある亜人達の遺体の所へと戻る。

神格化を解いて結界を無くし、冥福を祈った。

ここに居る亜人達も被害者であり、最後まで頑張った人達なのだ。

皆と共に冥福を祈り、解放した亜人達と協力して地上へと優しく運ぶ。

その時に聞いた亜人達の話によると、まだ解放出来ていない亜人達が居るようなのだ。

何でも、牢屋に囚われている亜人達が居るようで、気配察知で確認すると、城の跡地近くで固まっている反応がある。

これがきっとそうなのだろう。

なので、遺体は亜人達に任せて俺達はその場へと向かう。

難なく入口が見つかって中へと入ると、そこは石造りの牢屋だった。

どうやら、頑丈な造りが幸いして、城が飛び立った時の影響は無いようだ。

囚われている亜人達に味方であると説明しながら牢屋の檻を破壊して、フロイドとニールの二人が次々解放していく。

次へ次へと進んでいった時、俺の足がある一つの牢屋の前で止まる。

牢屋の中に囚われているのは二人の女性。

その内の一人は、幼い頃から知っている人物だったのだ。

「……アリア？」

「……ワズ？」

書き下ろし「その宿屋の娘ちゃん。のちに……」

1

私の名前はルーラ。十三歳。

日々宿屋道に精進し、夢は世界一の宿屋を営む事。

そんな私は今、両親が営む「風の光亭」を飛び出して、タタお姉ちゃん達と共に世界中を旅し始めました。

タタお姉ちゃん達の目的はワズお兄ちゃんと会う事だけど、私の目的は世界中の宿屋を見て回る事です。

私達は城塞都市リニックを出て、王都マーンボンドを経由し、温泉街オーセンと、色んな街に行きました。

その間にも、色んな人がワズお兄ちゃんに会いたいために、一緒に行動します。

ナミニッサお姉ちゃんにナレリナお姉ちゃん。

キャシーお姉ちゃんに、ハオスイお姉ちゃん。

ワズお兄ちゃんは、モッテモテなんだなと思いました。

私には関係無いけど。

そもそも、恋とかよくわかりません。

私は、宿屋道に邁進《まいしん》するという目的だけで一杯一杯です。

それにしても、王都の豪華な宿や、温泉街の素朴だけど落ち着く宿なんか、見ただけで色々勉強になりました。

豪華と素朴。両極端と言っても良いのにどちらも人気の宿屋で、お客様が求めるモノは色々あって難しいなと感じます。

そんな中、私達はワズお兄ちゃんの後を追って獣人の国へと向けて出発したのですが、この旅は本当に大変でした。

最初、まともに家事が出来るのは私とタタお姉ちゃんとキャシーお姉ちゃんに……後は辛《かろ》うじてネニャお姉ちゃんが簡単な料理を作れる程度だったのです。

皆、ワズお兄ちゃんのために家事を習いたいと言うので、家事が出来る私達がサローナお姉ちゃん達に色々教えていったのですが……本当に苦労しました。

「なぁ、ルーラ。私に料理の才能は無いという事なのだろうか？」

「あはは……。ま、まだ始めたばかりじゃないですか！　サローナお姉ちゃん」

私の目の前には、豪快に焼かれたオークの丸焼きがありました。

サローナお姉ちゃんの料理の腕を確認しようと、好きにやらせた結果がコレです。

まずは食材の確保からだと言って、森の中へと消えた時にも驚きましたが……なんと言えば良いのか、見た目と違って随分と豪快な人なのかなと思いました。

落ち込まないで、サローナお姉ちゃん！

未経験の従業員を雇った時って、こんな感じなんでしょうか？

「ふふふ。どうですか？　ルーラちゃん。ピッカピカでしょ？」

「……ナミニッサお姉ちゃん。磨きすぎです」

どうやれば、こう出来るんでしょうか？

ナミニッサお姉ちゃんには清掃の練習として、汚れた花瓶を綺麗にするようにお願いしたのですが、渡した時よりも綺麗に一回り小さくなっています。

確かに新品のような綺麗さなのですが……表面にあった模様がごっそり無くなっていました。

本当に、どれだけ磨いたのでしょう……。

つるつるし過ぎて持つ事が出来ません。

「どうだ！　ルーラちゃん！　渡された衣服の汚れは綺麗に無くなったぞ！」

「ナレリナお姉ちゃん、凄いです！　……だけど、水気は切ってから見せて欲しかったです」

ぽたぽたと衣服から水滴が落ちています。

ナレリナお姉ちゃんは自信満々の顔で衣服を見せていますが、ちゃんと乾かしてからにして下さい。

それに、渡した時はソースの汚れが付いていた衣服が綺麗になっている事は凄いと思いますが、その分ナレリナお姉ちゃんの衣服が汚れています。

……一体、渡した衣服とどのように闘ったのでしょう？

「……ん。味見をお願い」

「はい。わかりました。ハオスイお姉ちゃん」

ハオスイお姉ちゃんは、料理から始めたようです。

なんでも、まずはワズお兄ちゃんの胃袋をがっちり摑みたいんだとか。

その第一歩として、簡単なスープの作り方を教えたのですが。

「……どう？」

「うん。美味し……辛《から》ぁ～～い！　辛すぎです！　殺人的な辛さです！」

「……美味しいのに」

「確かに美味しいですが、辛すぎです！……だけど、ついつい飲んでしまいます。……辛ぁ～い！

でも美味しい～！　でも、辛ぁ～い！」

ハオスイお姉ちゃんが作ったスープは本当に辛かったです。

だけど、後を引く辛さというか、また飲みたくなってしまいました。

……ワズお兄ちゃんは辛いのが平気なのでしょうか？

そうであれば問題無いのですが……もし違うなら、少々辛さを抑えた方が良いのかな。

ハオスイお姉ちゃんがこのスープを作った手順を確認して、微調整が出来るように教えた方が良いかもしれません。

けど、どんな素材を使っているのか、知ってしまうのが少々怖い気もしました。

……いいえ。そんな弱気じゃ駄目です。

将来、世界一の宿屋の女将《おかみ》さんになるのですから、そんな事は言っていられません。

これも将来のため……これも将来のため……。

……でも、ワズお兄ちゃんは皆の作った料理を食べてくれるのでしょうか？

口に合わなかったらと不安にはなりますが、皆ワズお兄ちゃんの事を思って真剣に習っているのです。

そんな思いを無下《むげ》にするワズお兄ちゃんとは思いませんが、もしするようなら折檻ですね。

お残しは許しません！

2

ワズお兄ちゃん達は、南西の国に向けて出発しました。

私とユユナさんとルルナちゃん、ネニャさんの四人は獣人の国に残ります。

ネニャさん達はこの国の立て直しをするために永住する覚悟のようだけど、私は南西の国がまだ安全ではないために、一時の間だけ留まっているのです。

早くワズお兄ちゃんが呼びに来ないかなぁ～。

もっともっと、色んな宿屋を見たいです。

そうして獣人の国に残っている私は、皆さんのお手伝いを願い出ました。

ネニャさんの話だと、色々無理して戦争準備をしていたようで、中々いつも通りの生活へと戻るのが難しいと言っていました。

難しい話はよくわかりませんが、私は出来る事をするだけです。

宿屋道の事なら何時間でもお喋り出来るのですが……。

でも、まだ幼い私が出来る事なんてそれほど多くありません。

なので、私がしているお手伝いは、首都にある食堂兼宿屋でのお給仕のです。

お母さん達の宿屋でもやっていた事なので、どんと任せて下さい。

宿屋の受付をしたり、料理が載った皿を運んだり片付けたり、もちろんご近所付き合いも万事抜かりなくして、そんな忙しい日々を過ごしている時、あるお客様がやってきました。

「ルーちゃ～ん！」

「マーラオ様！　どうしたんですか？」

「駄目駄目！　私とルーちゃんはもうお友達なんだから、愛称で呼んでくれなきゃ！」

「……マ、マーちゃん？」

マーラオ様――マーちゃんが満面の笑みを浮かべて抱き着いてきます。

ハオスイお姉ちゃんに紹介されて以来仲良くさせて貰っているのですが、マーちゃんはこの獣人の国の王女様で、平民である私からすれば、畏《おそ》れ多い人なのは間違いありません。

ですが、マーちゃんは私が畏《かしこ》まる事を嫌い、まるで妹を溺愛《できあい》する姉のように接してくれます。

それは別に良いのですが、私に構っていて良いのでしょうか？

確か、マーちゃんは王女として色々と勉強中だったはずなのですが？

「はぁ～、癒される～。ルーちゃんを抱き締めているだけで、日々の疲れが吹っ飛ぶよ」

「……そんな効果は無いと思うのですが」

マーちゃんがそう言いながら頬ずりしてきます。

少しこそばゆいですが、マーちゃんも喜んでいるようですし、ここは我慢しましょう。

暫くすると、満足したのかマーちゃんがぱっと離れます。

「ごめんね。色々一杯一杯で……。お仕事の途中だったのに……」

「いえ、そんなに気にしなくても良いですよ」

私が笑みを浮かべると、マーちゃんも笑みを返してきました。

そんな私達を、お客様達も微笑ましそうに見ています。

少しだけ恥ずかしいですが、マーちゃんが少しでもやる気になったのなら問題無いですよね？

そして私は仕事へと戻るのですが、マーちゃんは何故かこの場に残り、普通に料理を注文していました。

……勉強は大丈夫なのでしょうか？

マーちゃんは近くに居るお客様達と、楽しくお喋りをし始めています。

……本当に大丈夫なのでしょうか？

何やら心配になってきました。

奔放《ほんぽう》過ぎるマーちゃんの事が心配です。

お母さんも言っていました。

若い時の苦労は買ってでもしろと。

マーちゃんは今まさにその時ではないのでしょうか？

すると、食堂に新たなお客様がやってきました。

マーちゃんのお父さんで、この国の国王様であるギオ王様です。

「やあ、ルーラちゃん」

「こんにちは！　ギオ王様！」

「元気良い挨拶で宜しい。では、お邪魔させて貰うよ」

ギオ王様がにこにこしながら食堂の中へと入って行きます。

あっ！　不味いです！　今ここにはマーちゃんが！

私がそちらの方へと視線を向けた時は、時既に遅しでした。

マーちゃんとギオ王様が驚きの表情で互いを見ます。

「お父様！」「マーラオ！」

「「どうしてここにっ！」」

どうやら二人共ここで出会うとは思っていなかったようです。

「私は可愛い可愛いルーちゃんを愛《め》でて、ついでにご飯を食べようかと。もちろん、休憩時間の範囲内だよ！　お父様こそどうしてここに？」

「あっ！　いや、それは、まぁ……その、なんだ」

ギオ王様が慌てています。

一体どうしたのでしょうか？

ですが、マーちゃんはそれだけでピンときていました。

「はっは～ん、さてはお父様も？」

「いや、まぁ、その……。そうだ。孫娘のような愛らしさを感じてな」

「うんうん。その気持ちよくわかるよ、お父様」

ギオ王様の言葉に、マーちゃんが腕を組んでうんうん頷いています。

それは、この会話が聞こえていた周りの皆さんもそうでした。

……それにしても、一体誰の事を言っているのでしょうか？

う～ん、ギオ王様が孫娘のように思う子ですか……。

あっ、そういえば、この食堂兼宿屋を営んでいるご夫婦に、最近お子さんが生まれていました。

きっと、その子の事を言っているのでしょう。

私も見せて貰いましたが、確かに可愛い赤ちゃんでしたし、獣人の方達は種族全体を一つの家族のように思っていると聞いた事があります。

そう結論付けていると、店内に怒号が響きました。

「おいおい！　獣人の国の首都だからって期待してみれば、この程度の飯しか出せないのかよ！

俺達はDランク冒険者だぞ！　もっとマシなモン持ってこいや！」

そう聞こえた方へと視線を向けると、そこにはにやにやと笑みを浮かべる粗野な人族の男達が居ます。

その人数は四人で、全員武装していました。

冒険者と言っていましたが、ワズお兄ちゃん達とは違って乱暴な事を好みそうで不快です。

それは、この場に居る獣人達も同じなようで、剣呑な雰囲気を醸し出し始めました。

「申し訳ございません、お客様。今は色々物資も滞《とどこお》っていて、これが精一杯なのです」

宿屋の女将さんがそう言って頭を下げます。

「あぁ？　俺達はそんな事を聞いているんじゃねぇんだよ！　マシなモンを持ってこいっつってんだよ！」

何て事を言うのでしょう！　許せません！

私は女将さんを守るように両手を広げて前に出ます。

「女将さんが言ったように、今はこれが精一杯なんです！　皆これを食して頑張っているのに、あなた達はそれでも文句を言うんですか！　恥ずかしいです！　同じ人族として恥ずかしいです！」

そう言うと冒険者達は席から立ち上がり、激昂《げきこう》して私を突き飛ばします。

この程度で私は負けません！

「テメェ！　ガキのくせに俺達へ文句をつけようなんて、いい度胸じゃねぇか！」

武器を抜かず、痛め付ける事が目的のように冒険者の男が拳を私に向かって放ってきます。

私は目を閉じません。逸らしません。こんな事に屈してはいけないのです。

ですが、その拳は途中で止まりました。

ギオ様が腕を掴んで止めたのです。

「……安心しなさい、ルーラちゃん。私達はワズ殿に救われた身。人族の全てが悪とは思っていない。……ただ、中にはこのような連中が居る事も理解している」

そう言ってギオ様が掴んでいた手を放します。

「ちっ、痛ぇな！　上等だ！　俺達に喧嘩を売った事を後悔するんだな！」

冒険者の男がギオ王様に向かって殴りかかりますが、その前にギオ王様が拳を放ちます。

「アタァッ！」

その拳で冒険者の男が吹っ飛んでいきました。

「未だ獣人の国は完全に元には戻っておらん事は理解している。提供出来る物も普段とは違うのだから、ある程度は許容しようではないか。……だが、貴様等は今、この国における禁忌を犯した。……可愛い可愛い新たな家族に手を出した報いを受けるが良い！」

ギオ王様の言葉に反応するように、周りの皆さんも無言で立ち上がって、ポキポキと指を鳴らします。その中にはマーちゃんも居ました。

皆さん、一体どうしたのでしょうか？

その剣呑な雰囲気を感じ取ったのか、まだ無事な冒険者達は殴られた冒険者を回収して逃げ出します。

「者ども！　追うぞっ！」

「「「「おぉ～！」」」」

ギオ様の号令の下、この場に居た全員が冒険者達の後を追いかけます。

この場に残ったのは、女将さんと私だけ。

よく見ると、各テーブルの上には食事の料金が置かれています。

皆さん、意外と冷静に行動しているんですね。

後日、マーちゃんからきちんと制裁したので大丈夫と言われましたが、皆さんが何をしたのかも気になりますが、一斉に怒った理由は一体何だったのでしょうか？

マーちゃんに頬ずりされながら考えますが、よくわかりません。

あとがき

……あっ、どうも、ワズです。

え？　またかって？　すみません。

作者さんは先程までココに居たのですが、突然女神様に拉致られてしまいました。

本当に申し訳ございません。

今、フロイドがどうにか向こうの様子を確認しようと頑張っていますので、少々お待ち下さい。

それにしても、よく攫われる作者さんですね。

確か、カガネがそういうのはヒロイン属性って言っていたけど、作者さんは男なのに、それでも
ヒロイン属性って言うのだろうか……。

カガネの言葉はよくわからな……え？　繋がった？

それじゃ、確認してみようか。


……えっと、何か作者さんがギザギザの石畳の上に正座させられて、その膝の上に重そうな石畳

が何枚か載っているんだけど。

「……作者さん。まずは書き上げた事を褒めましょう」

「ありがとうございます。ですが、何故自分は今拷問されているのでしょうか？」

「……わかりませんか？」

「全然ちっともわかりません」

「なら教えましょう。なろう版では私とワズさん――愛し合う二人がようやく会えて互いの愛情を確かめるため、熱い口付けを交わしたのに、どうして書籍版ではそれを無くしたのでしょうか？」

……愛し合う二人？

「……愛し合う二人？」

作者さんと意見が被ったな。

「いや、そんな事実は無かったと思うのですが……。それに、無くした理由を尋ねられると、なろう版と違って危機感知があるという事と、そうした方が面白いかなって」

「そう！　それなのです！　危機感知！　そんなモノ、ワズさんには必要ありません！　これに関しては、私ともう一人から苦情が出ていますよ！」

「……もしかしてカガネですか？」

「本人の希望により名は伏せさせて頂きます。……こほん。ともかく、もう一度書き直しなさい！

特に、私ともう一人のワズさんとの口付けシーンのやり直しを要求します！」

「断固拒否します！」

「反省の色無しですね。……わかりました。では、致し方ありません。私もこんな事をするのは心苦しいのですが……」

女神様が笑みを浮かべながら、作者さんの膝の上にある石畳を更に追加します。

「ぎゃあああああぁぁぁ～！　……ふぅ～ふぅ～。前回でも言ったけど、俺にこんな趣味は無いからな！　いくらこんな事をしようとも、書き直しなんてしないからな！　絶対屈しないぞ！」

「ふっ。そう言っていられるのも今の内。いずれ石畳の重さに耐えきれなくなり、泣いて許しを乞うようになるのです。……あぁ、その時が本当に楽しみですね」

「やってみろや～！」


……何かこれ、本気でやばくなってないか？

え？　助けにいくべきだって？　なら、お前が行けよ、フロイド。

……いやいやいや。……いやいやいや。……いやいやいや。

……はぁ、結局俺が損な役割をする事になるんだな。


……どうも、初めましての方も再びの方もこんにちは、ナハァトです。

自分の書いた主役に助け出されるという、なんとも悲しい結果になりましたが、なんとか無事に戻って来る事が出来ました。

足にはおもいっきり痕《あと》が残っているけど……これ大丈夫だよね？　消えるよね？

こんな痕が残ると、後々あらぬ誤解を受けそうで怖いんだけど……まぁ、それは措いておいて。

この度は『その者。のちに…』三巻を手に取って頂き、誠にありがとうございます。

この巻も以前と同じように、なろう版を元にして色々変えてみました。

ただ、二巻巻末の広告では二月発売となっていましたが、急遽一月発売に変わるという、非常にタイトなスケジュールとなってしまい、誠に申し訳ございません。

自分も延期になるというのは聞いた事がありますけど、まさか早まるなんて事が起こるとは考えてもいませんでした。

それでも精一杯頑張りましたので、実際読んでみて、楽しんで頂けたのなら幸いです。

そして、三弥《みや》カズトモ様には毎度毎度キャラクター達を可愛く描いて頂いて、感謝で心が一杯です。皆思っていた通りのビジュアルだったのですが、特にハオスイには心打たれました。

二巻後ろ表紙のＳＤハオスイは特に可愛くて何度も見ては、確実に癒されていました。

素敵な絵を描いて頂き、本当に……誠にありがとうございます。

ではでは、アース・スターノベルの皆様、担当のＦ氏、この作品に関わった関係者の皆様。

それにこの本を手に取って頂いた読者の皆様には感謝の気持ちで一杯です。
本当にありがとうございました。
それではまた、お会いする機会がございましたら、宜しくお願い致します。

3巻発売
おめでとうございます!
三弥カズトモ

シリーズ急転換の第4弾!!
続々重版
その者。のちに……
Sonomono Nochini
04
ナハァト
画・三弥カズトモ
ワズ・ハーレム（暫定）メンバー
サローナ、タタ、ナミニッサ、ナレリナ、
キャシー、ハオスイ、メアル＋カガネ、そして……

かつて愛した女《ひと》・
アリアの出現！
どうするワズ!?
2017年
4月刊行予定
EARTH STAR COMICS

小説家になろう
43万作品の
年間ランキング
第2位!
続々重版!

日本の女子高生・海里《みさと》が、異世界の子爵家長女（10歳）に転生!?
出来が良過ぎたために不自由だった海里は、
今度こそ平凡な人生を望むのだが……神様の手抜き（？）で、
魔力も力も人の6800倍という超人になってしまう！
普通の女の子になりたい
マイル《海里》の大活躍が始まる！
私、能力は平均値でって言ったよね！
①～③巻、大好評発売中！
FUNA
Illustration 亜方逸樹
God bless me?

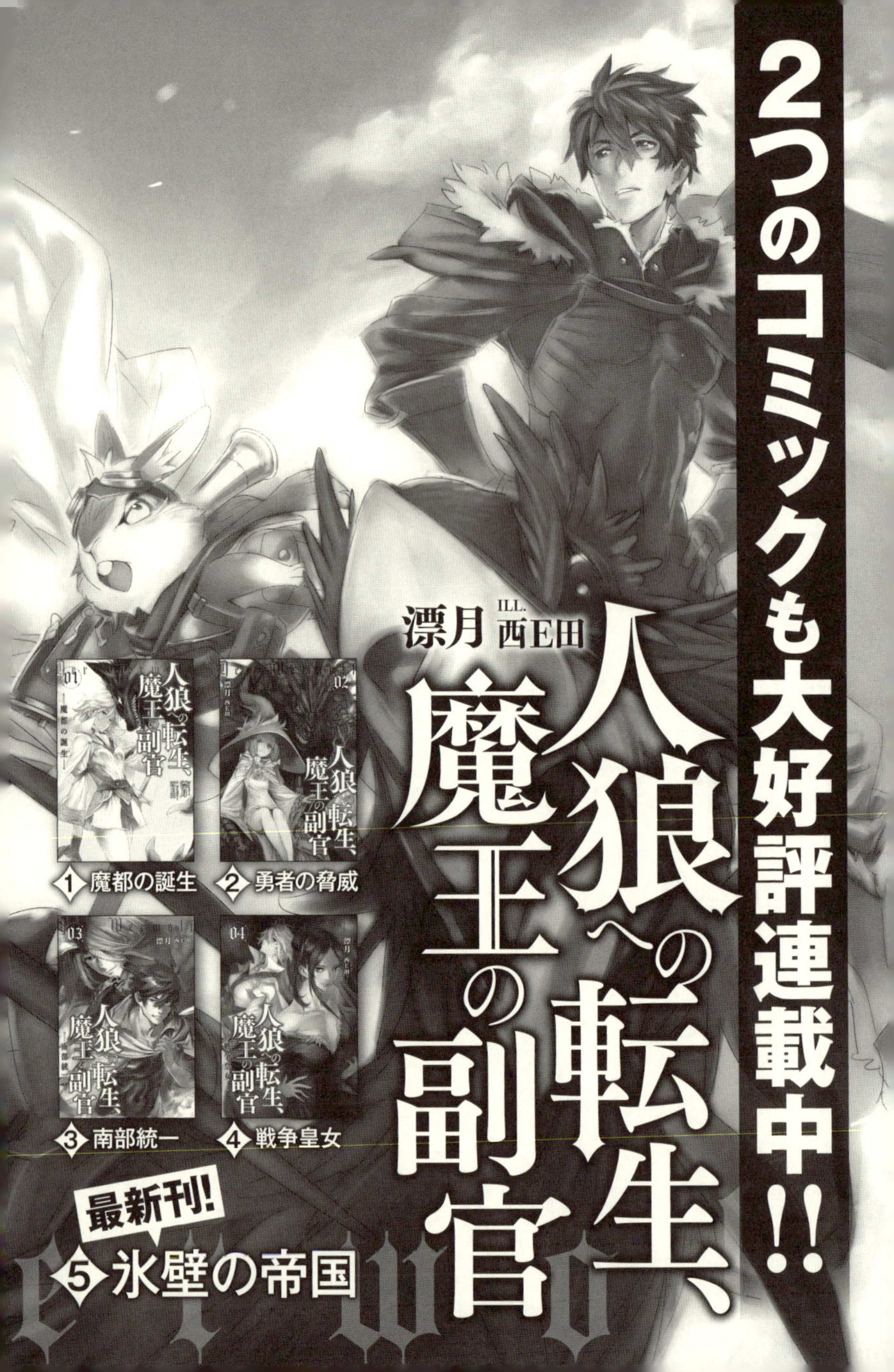

2つのコミックも大好評連載中!!
人狼への転生、魔王の副官
漂月
ILL. 西E田
1 魔都の誕生
2 勇者の脅威
3 南部統一
4 戦争皇女
最新刊!
5 氷壁の帝国

1億PV超の
大人気転生ファンタジー!!
スペシャルページ公開中!
魔王軍第三師団の副師団長
ヴァイト——それが、
人狼に転生した
俺の今の姿だ。
そんな俺は交易都市リューンハイトの支配と
防衛を任されたのだが、魔族と人間……
種族が違えば考え方も異なるわけで、
街ひとつを統治するにも苦労が絶えない。
俺は元人間の現魔族だし、
両者の言い分はよくわかる。
だからこそ平和的に事を進めたいのだが……。
やたらと暴力で訴えがちな魔族を従え、
文句の多い人間も何とかして、
今日も魔王軍の中堅幹部として頑張ります!

EARTH STAR NOVEL

その者。のちに…　03

発行 ―――― 2017年 1月16日 初版第1刷発行
2017年12月 1日 第3刷発行

著者 ―――― ナハァト

イラストレーター ―――― 三弥カズトモ

装丁デザイン ―――― 舘山一大

発行者 ―――― 幕内和博

編集 ―――― 古里 学

発行所 ―――― 株式会社 アース・スター エンターテイメント
〒107-0052　東京都港区赤坂 2-14-5
Daiwa 赤坂ビル 5F
TEL：03-5561-7630
FAX：03-5561-7632
http://www.es-novel.jp/

発売所 ―――― 株式会社 泰文堂
〒108-0075　東京都港区港南 2-16-8
ストーリア品川
TEL：03-6712-0333

印刷・製本 ―――― 株式会社廣済堂

ISBN 978-4-8030-0986-6